LA DONNA
CON L'OMBRELLO ROTTO
E ALTRE STORIE UCRAINE

Questo libro è un'opera di fantasia. Personaggi e situazioni sono frutto dell'immaginazione dell'autrice e hanno lo scopo di conferire veridicità alla narrazione. Qualsiasi somiglianza con eventi o luoghi o persone, vive o scomparse, è del tutto casuale.

I nomi ucraini e russi sono stati traslitterati secondo il sistema di traslitterazione internazionale, tranne il nome dell'autrice, per cui, data la sua notorietà, si è utilizzata la più diffusa grafia anglosassone. Per i toponimi si è risaliti alla variante ucraina, tranne nei casi in cui sia attestato un corrispettivo italiano (Kiev e Leopoli).

Pubblicato per

PIEMME

da Mondadori Libri S.p.A.

Traduzione dal russo di Margherita Crepax e Valentina Parisi

ISBN 978-88-566-8660-9

I Edizione maggio 2022

Anno 2022-2023-2024 - Edizione 1 2 3 4 5 6 7 8 9 10

Stampato presso Grafica Veneta S.p.A.
Via Malcanton, 2 – Trebaseleghe (PD)

YEVGENIA BELORUSETS

LA DONNA CON L'OMBRELLO ROTTO E ALTRE STORIE UCRAINE

Traduzione di

MARGHERITA CREPAX e VALENTINA PARISI

PIEMME

Premessa

Di che cosa non si può fare a meno?
Di una matita.
Di una città.
Di una via.
Di te.

Che cosa non si può misurare?
Il mio sorriso.
La tua sollecitudine.
Le nostre reciproche incomprensioni.

A che cosa credo?

Credo che credere davvero a qualcosa sia impossibile. Non ha nemmeno senso provare. In realtà, tutti fanno solo finta di credere.

Quando la protagonista di un mio progetto fotografico realizzato nell'Ucraina orientale tra il 2016 e il 2018 – una donna che era allo stesso tempo partecipante e coautrice del progetto – diede inizio a questo gioco di domande, mi dissi che nessuna foto l'avrebbe rappresentata meglio del gioco medesimo. Separato dalle immagini e messo per iscritto, una riga dopo l'altra, il gioco è testimonianza, e invito.

Questi testi che avete tra le mani hanno un tratto in comune con la fotografia: anche qui gli avvenimenti, gli incontri, le conversazioni, le storie in qualche modo sfuggono al controllo dell'autore. Pur occupandomi di fotografia, il mio obiettivo non è mai stato quello di creare immagini per mezzo della tecnologia, secondo la definizione utilizzata da Vilèm Flusser. Piuttosto mi interessa lavorare con la memoria, con la capacità che le immagini fotografiche hanno di creare ricordi che, benché dichiarino la loro autenticità, restano un'invenzione soggettiva, una messinscena teatrale radicata nella quotidianità.

Tutti i miei precedenti progetti basati su un'alternanza di foto e testi tentavano di fissare su carta i diversi volti del continente ucraino che, malgrado la sua grandezza e importanza, rimaneva confinato nell'ombra, invisibile.

Le linee narrative di questo libro – due delle quali costituite da fotografie – non riguardano episodi cruciali della storia attuale, bensì – come si comprende anche a un'occhiata superficiale – i suoi aspetti più marginali. O, più precisamente, mostrano come una realtà storica traumatica possa penetrare in profondità nelle fantasie e nelle esperienze di tutti i giorni.

Alcuni dei temi (almeno tre), indirettamente connessi con la guerra in corso nell'Ucraina orientale, affrontano non il conflitto in quanto tale, bensì la possibilità di superarlo dialetticamente grazie alla fantasmagoria, al racconto, alla conversazione, analizzando situazioni particolari.

La mia attenzione si concentra su ciò che è insignificante, minuscolo, accidentale, superfluo, represso, perché questi dettagli non diventeranno mai i trofei che Walter Benjamin menziona nel suo saggio *Sul concetto di storia*; quei trofei che i vincitori dal presente portano con sé nel futuro e che, utilizzati come tanti mattoncini, danno forma alla narrazione storica dominante.

Tocca al lettore decidere se i documenti raccolti qui (relativi a tempi, circostanze, emozioni e visioni del mondo) intacchino quel linguaggio fittizio che, oggi come ieri, semplifica la realtà e le si contrappone.

In queste pagine riecheggiano le voci dissonanti di vari individui, ma non solo; anche le fotografie collidono con i testi, incapaci come sono di chiarire o illustrare il significato di questi ultimi. Coesistono senza che un'idea o una voce – men che meno quelle dell'autrice – assuma una posizione dominante.

Una delle due serie fotografiche porta avanti in bianco e nero il progetto che, per diversi anni, ho condotto nelle miniere tuttora in funzione nell'est, nella "zona grigia" delle operazioni belliche. Ma in realtà questo nuovo breve ciclo è stato realizzato nella pacifica città di Novovolyns'k, nell'Ucraina occidentale, non lontano dal confine polacco. Qui vive e prospera una cultura industriale simile a quella del Donbass; la sua storia attuale affiora in questo libro attraverso immagini riferite a fatti che trapelano di tanto in tanto e che tuttavia rimangono non detti.

Con queste serie fotografiche e questi racconti vorrei dimostrare come una collisione di contesti differenti possa contagiare e trasformare una narrazione, portando in ultima istanza a rinunciare a qualsiasi certezza.

La protagonista del mio progetto, colei che con le sue parole ha aperto questa prefazione, è destinata a comparire più avanti. Ma riconoscerla sarà pressoché impossibile, perché il modo di parlare da lei escogitato ormai è alla base del mio.

Introduzione

Intervista (Le mandibole del destino)

Ormai è da parecchi mesi che lavoro all'introduzione di questo libro. All'inizio volevo attenermi a un approccio strettamente scientifico. Pensavo di sintetizzare alcuni dati sul metodo documentario, di emettere nei suoi confronti una sentenza non definitiva, ma comunque piuttosto severa; poi, ricorrendo a un espediente retorico e citando una calzante osservazione di una mia conoscente, avrei spiegato come mai l'attualità sorpassa di gran lunga la documentarietà, anche se non in tutto e per tutto.

Lo ammetto: al termine di queste interminabili elucubrazioni, di queste fughe in avanti che, pur fermandosi in tempo, avevano indubbiamente un che di disperato, ero riuscita a sfornare un'introduzione di innegabile bellezza. E i polsi mi tremano ancora se penso a quel modello esemplare di argomentazione, alla sua forma solenne.

«Lo schiocco delle mandibole del destino», ecco come si chiama dalle nostre parti l'eco lontana che l'orecchio dell'alcolizzato coglie nel rombo di un'autostrada poco prima dell'alba. L'armonia inaccessibile del mio testo ricordava proprio quel suono.

A pensarci bene, un'introduzione, proprio per il suo ruolo limitato, è inadatta a ospitare riflessioni di tale portata. Certe considerazioni andrebbero valorizzate, poste a fondamento dell'intera opera e mai e poi mai rese di pubblico dominio (la pubblicazione non è il vero obiettivo!).

E non si dovrebbe neppure metterle in vendita. Forse scambiarle con beni culturali, oppure offrirle come stimolo a chi è, almeno in parte, sazio; al contempo, potrebbero anche, momentaneamente, distrarre gli affamati dal pensiero del cibo. A essere onesta, l'ho verificato io stessa in tempi recenti e posso dire che no, purtroppo non sono riuscite a distrarmi. Ma su quest'esperienza tornerò senza dubbio in seguito, per descriverla nel modo più circostanziato. Adesso invece sento la necessità di parlare di un fatto che mi è capitato da poco; ieri, per la precisione.

Il nostro è un quartiere piuttosto disgraziato, sebbene a uno sguardo esterno possa risultare assolutamente dignitoso, forse addirittura il più agiato di tutta Kiev. Ma io so bene che questa sua falsa prosperità nasconde un profondo, sincero disagio. Al contempo, come fa qualcosa di nascosto a restare sincero? Indubbiamente non può. Eppure l'evidenza di questo disagio lascerebbe attonito chiunque si decidesse ad ammetterne l'esistenza. Però nella nostra società tale volontà ancora scarseggia.

Quindi non c'è da stupirsi se ieri sera mi sono spaventata quando, davanti al portone di casa (da dove ultimamente è sparita la fioca lampadina che, fino a poco tempo fa, illuminava il giardinetto antistante e i gradini all'ingresso), ho visto prima un'ombra lunga e poi una figura emergere dall'oscurità, con una mano gigantesca protesa minacciosamente verso di me.

La voce che mi ha rivolto la parola era morbida e piacevole. Una voce alta e melodiosa, un'intonazione impulsiva ma dolce. Davanti a me c'era una donna, e questa donna mi stava spiegando come da tempo stesse cercando in ogni modo di incrociarmi, perché voleva pormi alcune domande. «Forse dalle sue risposte riuscirò a ricavare una specie di intervista» ha proseguito, in tono dubbioso. «Anche se è improbabile. Devo ammettere che di rado porto a termine quel che mi prefiggo. Praticamente tutti i miei progetti, le mie buone intenzioni, i miei desideri naufragano, finiscono in un nulla di fatto. Eppure la prego, mi dedichi qualche minuto del suo tempo, risponda alle mie domande... Non è difficile, specialmente per lei che le domande le avrà sotto gli occhi; molto più complesso è il mio compito, e cioè formularle.»

Non mi restava che invitarla a prendere un caffè e ascoltare quelle domande che, ancor prima che mi venissero rivolte, mi preoccupavano di già. Il punto è che non c'è giornalista ucraina – e mi riferisco soprattutto a quelle che, per motivi che non mi sono del tutto chiari, si interessano di arte e di letteratura – che non abusi della propria libertà, come se non bastasse nel modo più irritante possibile. Ma poiché in quel momento avevo già detto addio alla mia meravigliosa introduzione, addio per sempre, irrevocabilmente, speravo che una breve conversazione con una giornalista sconosciuta mi facesse venire qualche idea che avrei comunque potuto premettere agli altri testi come una specie di prefazione. Anche se ero perfettamente consapevole che un dialogo del genere non avrebbe sfiorato nemmeno una minima parte degli argomenti che avrei dovuto affrontare – o quantomeno menzionare – in una *vera* introduzione a un libro come questo.

D'altro canto non avevo scelta. Perché il fatto che

la mia introduzione originaria si fosse rivelata inadatta a essere pubblicata mi aveva spinto a rinunciare anche al titolo iniziale del libro, informativo e pieno di significato, che suonava così:

STORIA DELLA TASSAZIONE

E come sottotitolo:

Frammenti di uno Studio sulla Storia antica dell'umanità.

È evidente che non riuscirò mai a escogitare un titolo migliore. La storia della tassazione, infatti, comprende tutte le forme di vita, non soltanto gli esseri umani, ma anche gli altri rappresentanti del mondo animale, e in una sola immagine fonde ricerca letteraria e solidità scientifica.... Al contempo "Storia antica dell'umanità" consente di restringere l'ambito del libro, concentrandolo sul mio paese, perché è proprio da qui che ha inizio la storia di qualsivoglia umanità.

Ma che posso fare? Malgrado queste siano senz'altro delle perdite tangibili, non posso permettere che gli eventi sfuggano definitivamente al mio controllo, non posso lasciare le redini, mollare la presa, rinunciare a dare un titolo al libro...

Migliaia di pensieri simili si rincorrevano nella mia mente, quando in mezzo alla loro fiumana udii qualcosa di piacevolmente remoto e silenzioso.

«Lei non dice niente» si è d'un tratto rianimata Andreja, «e mi viene il sospetto che abbia acconsentito a parlare con me per pura compassione, convinta com'è che questa conversazione non porterà a nulla. E in effetti lo temo anch'io, perché, come le ho detto, la maggior parte dei miei propositi, o perfino delle mie azioni, fanno questa fine. Scrivo per giornaletti locali che a Kiev non conosce nessuno... Il «Notiziario di Sjevjerodonec'k» mi rifiuta un pezzo dietro l'altro. E si sente in diritto di farlo perché prima collaboravo con «La sera di Alčevs'k», con «Fuochi» e con altri giornali che, del resto, rifiutavano anch'essi quasi sempre gli articoli che mandavo loro. Dopo innumerevoli discussioni e insuccessi, ho deciso di proporre a «Notizie» una rubrica fissa che avrei intitolato *Diario di un'ex abitante di Alčevs'k*, ma hanno bocciato anche quest'idea, senza starmi nemmeno a sentire; secondo loro il titolo sarebbe stato mal interpretato dai lettori e avrebbe messo in cattiva luce il quotidiano.»

«Cosa devo fare» ha proseguito, «se nessuno legge davvero i pezzi che invio? Sono arrivata perfino a credere di non aver mai scritto un solo articolo di giornale, di non esserne in grado. Osservare: ecco, in questo sono bravissima. Ma di scrivere in realtà non sono capace, e c'è di più: non voglio neppure impararla, quest'arte, o abilità, che si fonda sulla menzogna, sull'autoinganno e sull'abbaglio.»

«Ecco, lei per esempio» ha continuato senza darmi neppure la possibilità di replicare, «me la vedo che se ne sta tranquilla nel suo grazioso appartamentino, soddisfatta di sé, e si gode il meritato riposo, oppure che, con zelo invidiabile, infila una parola dietro l'altra, le accosta, le sposta, senza sospettare nemmeno per un istante l'inutilità totale e l'assurdità di ciò che fa e pensa. Ma non deve aver paura di me! Rifletta! Ha avuto una possibilità, e non l'ha sfruttata. Peggio: di settimana in settimana la sua pelle si è inspessita, e lei è arrivata al punto – e dall'orrore mi vengono i brividi! – di "credere in se stessa", per così dire, e adesso si aspetta che io, una persona che non conosce affatto, una persona che di cose ne ha viste parecchie, infinitamente più di lei, si aspetta che proprio io, e nessun altro, le ponga delle domande che avrei dovuto preparare in anticipo, domande che mi sarebbero costate notti in bianco, e sulla cui formulazione mi sarei arrovellata perfino in sogno, perfino mentre aiutavo la mia bambina con i compiti! Complimenti! Nella sua disgustosa, nauseante ingenuità, lei dava già per scontato che mi sarei piegata e le avrei fornito domande che le avrebbero permesso di enunciare, nel modo più vergognoso, le cosiddette risposte, consentendole così di spingersi nell'ignoto e di riportarne indietro dei giudizi di cui, ancora una volta, sarebbe stata del tutto soddisfatta!

Vorrebbe andarsene? Fatica sprecata! Anch'io ci ho provato, ho tentato di trasferirmi a Leopoli o a Kiev e poi da lì da qualsiasi altra parte. Ma partire è impossibile. A un certo punto le macchine non escono più dalla città e poi all'improvviso scopri che neppure gli autobus o i *maršrutnye taksi* stanno più circolando, e quindi rimani bloccata per sempre nel posto in cui, a un certo punto, ti eri ritrovata solo per potertene andare. Ormai sei prigioniera, ostaggio di circostanze e di persone, esattamente come nei film che ti è capitato di vedere, solo che adesso sei tu la protagonista involontaria, e ti rendi conto con sgomento che non è mai esistita arte più meschina e spietata del cinema contemporaneo, tutto, senza eccezioni, documentari compresi, ovviamente. Perché quando ti ritrovi nel bel mezzo di un film – e non importa che si tratti di una commedia, di un documentario, oppure di un film di avventura o di guerra – capisci, con immenso stupore, che sei finita né più né meno in un incubo, interminabile, mesto e corrosivo. E a me, personalmente, piacerebbe credere che questo incubo, come qualsiasi film, conosca un'evoluzione, un culmine e uno scioglimento, e che poi ci sia addirittura un sequel, ma a giudicare da quanto vedo ora, non accade proprio niente del genere. Nulla evolve secondo questo modello pur sperimentato nei secoli. Adesso però si prepari. Proprio per dimostrarle questi fatti, innegabili e chiari come il sole – dalla sua espressione mi rendo conto che sta annuendo alle mie affermazioni, senza credere del resto a una singola parola – ho deciso di trasferirmi per qualche tempo a casa sua, e non intendo fermarmi soltanto per la notte, ma voglio proprio vivere da lei, per condividere la sua esistenza e capire se le sue convinzioni sono davvero radicate, così come le sue spacconate, la sua prontezza a costringere una sconosciuta qualsiasi, che non le ha fatto alcun torto, a porle delle domande mentre lei se ne rimane lì stravaccata sulla sedia a fissare il soffitto degnandosi di ri-

spondere, come se a questa persona non restasse altro nella vita se non affrontare la tortura di elaborare queste domande, adattandole le une alle altre, enunciandole in attesa che ciascuna venga coronata da una risposta, come ogni causa da un effetto, ogni radice da uno stelo e ogni destino da un personaggio.»

Chi ho incontrato

Più o meno al centro del modesto spazio compreso nel mio sguardo stupito – in mezzo a una via silenziosa, sprofondata nella nebbia autunnale – sonnecchiava una persona che qualcuno aveva coperto premurosamente con un plaid.

È nella posa di quella persona che si riassume il contenuto di questo libro.

L'AGO NELLA CAMICIA

C'era una volta una donna, affettuosa, cortese e piacevole sotto ogni aspetto. «È spiritosa, fantastica» dicevano alcuni. Altri addirittura la elevavano ai sette cieli. Abitava a Kiev in via Mala Žitomirs'ka, e ogni giorno, quando scendeva giù per la strada, era contenta, ma cessava di esserlo quando le toccava tornar su. Era una persona semplice, al punto che le piaceva camminare in discesa, ma non in salita. Aveva all'incirca trent'anni, o quaranta, oppure forse venticinque. Alla luce serale dei lampioni ne aveva quaranta, ma al mattino sembrava quasi una bambina, soprattutto se la guardavi di spalle e sapevi che era al negozio a comprare del latte.

Cos'altro potremmo aggiungere? Era precisa, scrupolosa, buona. Nei giorni festivi i figli della sua migliore amica andavano a trovarla e lei giocava con loro, mentre l'amica correva ai suoi appuntamenti. «Per il momento non ho bambini miei» diceva la donna, «e dedicherò a questi le mie attenzioni e il mio amore.»

Talvolta diceva cose straordinarie! Spesso si lamentava: «Sono stanca». E pronunciava quelle due parole in un modo tutto suo, ripetendole più volte. Una frase sempre identica, un'intonazione che era quasi la stessa, ma nel suono di ogni parola percepivamo chiaramente qualche lieve differenza. E noi ne eravamo entusiasti. Noi chi? Di certo non siamo le schegge di segatura nascoste sotto il suo portapane. E nemmeno le tre gocce di sangue che la vicina le aveva lasciato sulla soglia di casa.

Ma torniamo alla nostra storia. Una sera la donna era seduta nel suo confortevole appartamento, intenta ai consueti lavori domestici: cuciva. Da tempo alcune delle sue cose andavano rattoppate, il cappotto stava perdendo un bottone. Ma poi, preparandosi per andare a letto, la donna si svestì, si guardò allo specchio e sospirò. Già da qualche tempo le sarebbe piaciuto ingrassare, mettere su un po' di peso, e quella sera le sembrava che le sue costole sporgessero da tutte le parti, come i raggi di una ruota rotta. Notando fra sé e sé quella somiglianza, la donna cominciò a emettere un suono prolungato: «U-u-u-u...». E, contemporaneamente, tese la mano verso l'ampia camicia chiara, la sua camicia preferita, sia da notte che da giorno, che ondeggiava appesa all'anta laccata dell'armadio. La indossò e si accorse immediatatamente che a destra, proprio a lato del seno, balenava un piccolo squarcio. E cosa pensate che abbia fatto? Una donna come lei non avrebbe tollerato nemmeno lo strappo più insignificante nella sua camicia da notte! E quindi prese un ago d'argento, il più sottile che aveva, v'infilò un finissimo filo bianco e si mise a cucire: punto dopo punto. E ogni impuntura si posava obbediente, senza difficoltà, rallegrandosi delle belle dita bianche di lei e delle sue unghie lilla, così curate.

Cosa avvenne poi, forse l'avete già capito. In effetti, non poteva che andare così. Quella donna meravigliosa, perfetta, dal volto candido come le sue mani, tutta capelli dorati e labbra rosse dischiuse in un dolce sorriso, si scordò l'ago dentro la camicia. Aveva fatto quel che doveva, ricucendo accuratamente lo squarcio a lato del seno, ma l'ago le era letteralmente sfuggito di mente, non aveva neppure strappato il filo; dopo l'ennesimo punto, con un gesto studiato aveva conficcato l'ago nel tessuto sottile della camicia e l'aveva lasciato lì, proprio accanto al suo cuore.

Che storia incredibile.

E terribile.

Restiamo ammutoliti, ma non possiamo far niente.

Avrebbe potuto strappare il filo o almeno avvolgerlo intorno all'ago, avrebbe potuto, diciamo, intingere la punta dell'ago nella cera, e invece no. Non fece nulla di tutto ciò. L'ago rimase nella camicia, dimenticato, pare, per sempre. Ricordiamo – prima di concludere questo racconto – che lo strappo era proprio a sinistra, a lato del seno, e del cuore, e che la donna non aveva ancora fatto in tempo a ingrassare, a rimettersi in salute, a diventare un po' più rotondetta, come sognava ormai da anni, praticamente sin dall'infanzia.

«Non riesco a capire. Ha lasciato l'ago lì... ma perché? Perché non lo sentiva? Forse nel suo corpo c'era una fenditura in grado di accoglierlo perfettamente? Evidentemente, dev'esserci qualche altra spiegazione.»

«No, non c'è. Ma la storia successiva ci darà qualche elemento in più.»

La donna con il guanto acchiappabambini

Non posso passare sotto silenzio il seguente episodio, che mi pare sconsiderato e oltraggioso.

A volte il destino di una donna può essere davvero inconsulto, soprattutto se la donna è anziana, chiassosa, insolente e si occupa di magia. Credere in Dio non è mica vietato. Uno può credere in Dio per lo meno per proteggere la propria salute, per non ammalarsi fin dalla più tenera infanzia. Ma le persone intelligenti non solo credono in Dio, si destreggiano anche in questioni molto più complesse o, meglio, più alte. Prendiamo, ad esempio, gli elementi naturali. Non eseguono forse gli ordini delle forze celesti quando si tratta di punire qualcuno, di dirgliene quattro o di dargli uno schiaffo? Forse gli elementi naturali non si divertono a tormentarci, a farsi beffe di noi, a calpestarci, a sputarci in viso? Perché allora non cominciare finalmente a fidarci di loro?

Credetemi, certi pregiudizi mi sono completamente estranei, non sono io a pensarla così, bensì un'altra donna di cui parlerò più avanti. Ma non vi dirò granché di lei, perché mi ha chiesto di tacere. Sapete, era una persona così sorprendente, così fuori dal comune... del resto, lo è tuttora, perché vive a Kiev ed è in perfetta salute. La sua professione era tra le più insolite e indispensabili: faceva l'ostetrica, ovviamente a domicilio. Ed era bravissima, lo dico per esperienza personale. Non c'era crisi sociale che potesse intimorirla! In qualsiasi congiuntura politica restava sempre a disposizione. In realtà, prestava i suoi servigi soltanto in alcuni palazzoni del quartiere Charkivs'kij e il suo compito consisteva in questo: acchiappare i bambini, cioè i bambini che stavano nascendo, con un grosso guanto. Questo guanto era di stoffa rossa e bianca ed era enorme, davvero impressionante.

La donna invece era di corporatura robusta, anziana, sorridente e aveva l'aria di aver compiuto sessant'anni da almeno qualche secolo. Aveva un volto geometrico, squadrato e tre menti ben cesellati; i nei rossi e neri sparsi sulle guance sottolineavano l'audacia dei suoi lesti occhi marroni, la sfrontatezza del minuscolo naso ben fatto e la spaventosa abilità delle sue mani a uncino.

Provava un senso di devozione per il quartiere Charkivs'kij, lo chiamava "la mia nave", e da ben cinquant'anni non usciva dai suoi confini. Riconosceva per la strada ogni bambino che aveva aiutato a nascere, non importa quanti anni avesse o se all'apparenza l'avresti detto addirittura decrepito! E ogni bambino – le nostre statistiche lo dimostrano con una certa esattezza –, sottomettendosi a forze ben superiori rispetto a quelle possedute dall'essere umano, una volta riconosciuto, era pronto a rispondere al suo appello, a prestare ascolto ai suoi ordini e a correre per lei in capo al mondo. Circostanza che questa anziana donna, in realtà pericolosissima, sfruttò più volte per l'acquisto di burro, latte, ricotta e altri prodotti diabolici che lei consumava così com'erano, quando non li utilizzava per preparare le sue pietanze e pozioni magiche.

Perché è inutile girarci intorno: la persona in questione era una strega e il nostro quartiere era già stato colpito ripetutamente da sventure inimmaginabili soltanto per un suo capriccio o un suo moto di stizza. Malediceva intere case senza alcuno sforzo e quelle diventavano ricettacolo di forze malvage e fenomeni soprannaturali. Faceva piovere sabbia e fango sui cortili e i giochi di legno dei bambini marcivano, come frutti troppo maturi caduti dall'albero.

Nessuno aveva mai visto nel nostro quartiere una persona più potente di lei. Nessuno oserà mai contraddirla o contrastare la sua volontà. Non è da escludersi che perfino quel che sto raccontando adesso alla donna stupefatta che trascrive queste parole sia proprio lei a sussurrarlo, o che io stia vivendo la mia esistenza ormai totalmente assoggettata alla sua ferrea volontà.

Proprio per questo non posso fare a meno di scrivere quanto segue:

La magia è indistruttibile.
Gli incantesimi sono eterni.
Forze malvage governano il mondo.

Cerco di resistere con tutte le mie energie, respiro appena, irrigidisco il petto, la pancia, le braccia, tento di cancellare queste parole orrende, ma non posso. Non posso!

Ogni tanto riusciamo a spazzare il cortile, a rimettere in ordine la cucina, a fare una capatina al lavoro, e ci sembra di esserle sfuggiti, di essere liberi.

Ma non è così. I fiori in cortile sono appassiti, le aiuole distrutte da automobili, i bambini sporchi e i cespugli non vogliono fiorire. E dalla voragine nera della finestra fa capolino un guanto gigantesco: Marija Il'inična si prepara ad andare al lavoro.

8 MARZO: LA DONNA CHE NON RIUSCIVA PIÙ A CAMMINARE

Ma capitava anche altro. L'8 marzo 2016 mi è successo di assistere a Kiev a una scena che mi ha lasciato di stucco: una donna che da un istante all'altro ha smesso di camminare. Dicono che quella donna fosse perfettamente sana e che fosse arrivata senza problemi, con andatura agile e veloce, quasi a passo di ambio, alla via principale, il Chreščatik; infine sul Majdan Nezaležnosti si era ritrovata in mezzo alla variopinta folla festiva.

Passeggiò per la piazza, si fotografò con una scimmietta, comprò una birra a un chiosco e ne offrì perfino una a qualcuno in uno sfoggio di generosità; mangiò un gelato, passò in rassegna le bancarelle di souvenir, chiese il prezzo e non comprò niente, osservò gli avventori dei caffè, e poi all'improvviso, di colpo, inaspettatamente — ma non l'ha vista nessuno, non ci sono testimoni, siamo costretti a crederle sulla parola — capì che non poteva andare avanti, fece un ultimo saltello e si sedette su una panchina di granito grigio.

Sedeva modestamente, serrando le gambe traditrici. Non telefonò a nessuno, non si mise a disturbare parenti e amici, rimase lì seduta, immobile, zitta-zitta; aspettava che la cosa, alla fine, si aggiustasse da sé. Io mi avvicinai e cominciammo a discutere su che cosa le fosse capitato, come mai non riuscisse più a muoversi di lì, come se avesse messo radici nella panchina, mentre le gambe le si erano pressoché pietrificate.

La donna era categoricamente contraria a qualsiasi decisione o mossa impulsiva. Voleva restarsene seduta lì sulla panchina, soppesare ogni cosa, ponderare questo e quello, aspettare un po', per capire finalmente cosa le stesse succedendo, e soltanto allora, non si sa bene quando, in futuro, fra parecchie ore, lasciarsi andare al panico, urlare, mettersi a telefonare ai conoscenti, esigere che la salvassero,

chiamare un'autoambulanza e muovere a compassione i passanti.

Quand'ecco che, accanto alla donna, passò un *umano* con tre mazzi di fiori. Uno lo gettò a lei. Proprio come si getta un osso a un cane, senza nemmeno aprir bocca. La donna afferrò il mazzo al volo e con un ampio gesto lo accostò al volto, come per dimostrare di essere in grado di sentire il profumo delle rose. Prima che ci congedassimo, fece in tempo a dirmi che soltanto in quella giornata, quella giornata speciale, gli *umani* prestavano attenzione alle donne, rendendosi servizievoli. Di solito, invece, alle donne toccava vegetare inosservate, in qualche angolo remoto, senza festa nel cuore, senza il senso della propria dignità.

Poi la donna sorrise e mi disse di essere al corrente di un segreto; forse era proprio per via di quel segreto che aveva perduto la capacità di camminare, trasformandosi a poco a poco in una parte ineliminabile della panchina di granito. «Io sono un monumento vivo» dichiarò scherzosa, «ma un monumento molle, incerto, pericolante; per cui molto probabilmente non vale la pena che in una giornata simile lei perda tempo con me.» Affermò che intorno potevano accadere chissà quali avvenimenti storici ma lei sarebbe rimasta seduta su quella panchina, di tanto in tanto cercando, con un sorriso trionfante, di alzarsi in piedi.

Due refoli di vento, uno freddo e uno caldo, giocavano con i petali delle rose bianche, e la donna, con malcelato interesse, osservava passeggiare in su e in giù accanto a lei le altre donne e gli *umani*.

Due donne sulla scaletta di un aereo. Bloccate. 9 marzo. Kiev

Erano un passo dietro di me.

Una donna dai lunghi capelli neri e il viso dolce, grandi occhi mobili e un sorriso mutevole che lasciava intendere come nessun interlocutore al mondo avrebbe potuto trattenere la sua attenzione per più di un minuto. La sua interlocutrice: giacca di

pelliccia che scintillava al sole, alta, la testa inclinata in una posa ammonitrice e lo sguardo serio.

DONNA (in tono orgoglioso): Mi ha portato un grosso mazzo di fiori, di quelli cari. "Marzo primaverile", è il nome che ha sul catalogo. Alla fine è riuscito a stupirmi. E quindi vuol dire che mi ama. Non ce la facevo quasi a tenerlo in mano quando abbiamo fatto la foto.

INTERLOCUTRICE: Dicono che questa festa se la siano inventata i fioristi.

DONNA: Però faceva la sua figura. Le spine mi pungevano le mani: un'autentica prova d'amore.

INTERLOCUTRICE: Certo. Non contesto. Sai, l'amore è possibile solo quando *loro* hanno la forza di amare. Un uomo che ho incontrato poco tempo fa mi ha raccontato di aver perso tutte le sue energie e poi di averle recuperate, e molte più di prima!

DONNA (distrattamente): Un professionista, immagino?

INTERLOCUTRICE (prendendo la palla al balzo): Adesso sì. Ma non lo è sempre stato. Ah, un tipo spavaldo, una volta si è rotto praticamente tutto, le ossa, le estremità inferiori e superiori, pure il collo! Si è spaccato il bacino e il cranio. E perfino le dita, quelle dei piedi, ma anche quelle delle mani! E, ovviamente, non per caso! Era saltato giù da chissà dove ed era caduto addosso a... be', non ricordo esattamente.

I motori dell'aereo, col loro rombo, finiscono per sovrastare le voci delle due donne, che però a un certo punto tornano udibili.

DONNA: A tipi così toccano sempre destini... particolari.

INTERLOCUTRICE: Ah, non me lo dire! Non un medico che riuscisse ad aiutarlo. Eppure si era rivolto a luminari di fama mondiale, era stato in tutte le cliniche, perfino in quelle di Stato, ma pure lì si erano limitati ad allargare le braccia, e lui ormai non riusciva più a muovere un passo! La voglia di scherzare gli era passata. Era totalmente disperato. Pensa un po': un male infernale, atroce, che non ti dà tregua, né di notte, né di giorno. Fa il giro delle chiese, prega: niente. A questo punto non ci vede più, e da un giorno all'altro se ne va in Cina. E in Cina capisce subito che fare. Tanto per cominciare, si imbatte in una celebrità locale che lo sottopone all'agopuntura. E l'agopuntura funziona. Per poco dalla felicità non va fuori di testa: gli aghi gli hanno fatto passare il dolore.

DONNA: Ah, voglio provarli anch'io, questi aghi!

INTERLOCUTRICE: Però aveva cantato vittoria troppo presto. Da lì a un mese il male era già tornato, come succede spesso quando si cerca di curarlo così, senza esercizi spirituali. Lui era terrorizzato, ovviamente. Ormai il dolore lo stava facendo impazzire. Prova di qua, di là... Alla fine ci sputa sopra, sulla medicina cinese, e parte per il Tibet. E in Tibet, com'è come non è, in cima a lontane montagne inaccessibili, incontra un monaco e va a vivere da lui. Il monaco è un tipo assolutamente indecifrabile, misterioso, severo, di poche parole, tutto concentrato su se stesso e sulle sue nozioni segrete. Ma l'uomo ha fortuna: il monaco lo accoglie e accetta di insegnargli un tipo particolare di respirazione. Se si pratica questa respirazione, il dolore scompare, la salute ritorna e non solo, anche la mente si purifica. Ovviamente non è semplice. Ci vogliono anni per apprendere quest'arte. E lui ne trascorre alcuni nella casa del monaco, guarisce, poi a un certo punto gli viene nostalgia e vuole tornare a casa. Il monaco però, mentre lo saluta gli dice: «Se hai ricevuto quest'insegnamento è perché tu lo metta a frutto. Adesso puoi aiutare non solo te stesso, ma anche gli altri. Va' nei centri benessere e insegna l'arte che hai appreso, salva vite umane!». E, tu non ci crederai, ma l'ha fatto. Ha obbedito al monaco!

DONNA: Ma è di qui?

INTERLOCUTRICE: È ucraino. L'ho conosciuto durante un weekend alle Maldive. Lavorava come consulente per il nostro gruppo.

Donna: Credevo che uno di qui non fosse in grado di fare una cosa del genere.

Interlocutrice: I proprietari di quel centro benessere, anche loro sono iniziati. Non vivono e basta, vivono in modo particolare. Un passo alla volta, si sono elevati a un nuovo livello di esistenza. Sai, ci sono delle persone benestanti che hanno così tanti soldi da considerare la ricchezza diversamente rispetto a noi. Guardano al denaro con occhi disincantati, ci fanno letteralmente il bagno, ma lo disprezzano, oppure lo amano di un amore che non è il nostro, un amore più puro, e così accedono a un grado differente di consapevolezza.

Donna: Un po' come le star?

Interlocutrice: Quasi, ma in certi casi anche meglio. Non avendo bisogno di nulla, salvano il nostro pianeta, le cosiddette creature inferiori e non solo. Quei due iniziati hanno comprato una rete di centri benessere su varie isole, annunciando da lì l'inizio dell'epoca della Lotta per un Nuovo Mondo. In un primo momento, ciò che abbiamo visto e udito ci ha lasciato semplicemente senza fiato. Il consulente in persona e il suo amico, un italianucolo, li hanno fatti sedere al nostro stesso tavolo, a colazione. Lui lavorava nella sauna, ci ha insegnato la respirazione e, alle volte, pranzava perfino con noi! Anche a pranzo si imparavano un sacco di cose. E infatti anche adesso continuo a imparare, è tutto scritto nella mia memoria. Non importa se sto parlando con te, il processo di apprendimento è in corso; ormai è avviato, mi scorre nel midollo spinale.

DONNA: Be', che dirti, certo che ne abbiamo di strada da fare. E sarebbe l'ora di muoverci, basta rimandare! Il problema è che siamo sempre il fanalino di coda del mondo. L'Ucraina non ha mai ospitato eventi di un certo livello e chissà quanto ci toccherà ancora aspettare...

Il rombo dei motori diventa più forte. È il nostro turno. Tutti sulla scaletta salgono a bordo e occupano i loro posti. Le due giovani donne si fermano nelle file di prima classe. Ignoro come sia proseguita la loro conversazione.

La donna che si è ammalata

A Kiev abitava e lavorava sudando sette camicie una donna che alla fine si è ammalata. Viveva completamente da sola, in un quartiere dormitorio che molti chiamano l'UFO, il Grande Schianto o addirittura il Grembo. Occorre tener presente che per quattro mesi di fila la donna non si era mai ammalata. E questo nonostante non potesse certo vantare una salute di ferro: in precedenza si ammalava di continuo, potremmo dire incessantemente.

I freddi mesi invernali si succedevano. Il termosifone riscaldava appena la stanza, per di più perennemente umida a causa dei panni, simili a pipistrelli dalle grandi ali, stesi ad asciugare sopra i fornelli. Eppure, se si partiva a contare da novembre, era da quattro mesi interi che la donna era sana come un topo in un granaio. E ormai, volenti o nolenti, eravamo già a marzo.

Non un raffreddore, non un'influenza, non un'infiammazione alla gola: la poveretta scoppiava letteralmente di salute, al punto che aveva smesso di sentirsi umana, benché lavorasse in tre posti diversi. Le sembrava di essere un meccanismo insensibile, un orologio dal volto umano, un gioco elettronico alquanto primitivo o una faccina sorridente del cellulare.

E tutte quelle preoccupazioni solo perché aveva smesso di ammalarsi. «Che sofferenza! Se cessassi di mangiare continuerei anche in tal caso a vivere come se nulla fosse? Dormo quattro ore, ma prima evidentemente non mi bastavano, e mi ammalavo. Adesso continuo a dormirne quattro ma sono sana come un pesce! Prima stavo a letto distrutta con la febbre e contavo i fili elettrici fuori dalla finestra. Adesso a volte mi dimentico perfino che a casa mia ci sono delle finestre!

Signore, mi hai punito donandomi la salute! Quale colpa ho commesso ai Tuoi occhi? Possibile che sia solo perché al lavoro avevo ricevuto per caso il premio di un'altra e non l'ho mai restituito? O forse è perché quando ho comprato le patate si sono sbagliati a darmi il resto, e io non ho detto nulla, ho arraffato quei soldi e li ho spesi in caramelle?

Possibile che non ci sia giustizia, possibile non ci sia compassione per la tua serva, Marfa...»

«Ahahah! Ma che Marfa e Marfa! Tu non ti chiami affatto così!» (risuona all'improvviso, sopra di lei, una voce).

«Questo *excursus* lo tralascerei. Ma, ad ogni modo, non riesco a capire che cosa si aspettasse quella donna se, pregando, aveva addirittura mentito sul suo stesso nome... Ti sembra possibile che per simili sciocchezze, di fronte a richieste talmente stupide e, diciamolo pure, insignificanti, qualcuno sia disposto a muovere anche soltanto un dito?»

«Però, che razza di ingenuità. Eppure dovresti sapere che perfino su individui così irrilevanti alle volte discende la Grazia...»

E infatti, in risposta alla sua preghiera, dopo un momento di silenzio, risuonò ancora quella stessa voce che proveniva direttamente dal cielo, allo stesso tempo chiara e penetrante: «Consolati! Non sarai più sana, Mal'vina! La Tua preghiera è stata accolta: Ti contagerà una malattia e questa malattia sarà il raffreddore».

«Grazie, Signore, che hai avuto pietà di me!» strillò dalla felicità Mal'vina (perché si chiamava proprio così, posso confermarlo) e si precipitò a casa. Una volta giunta a casa, Mal'vina andò subito in cucina, che le serviva anche da confortevolissima camera da letto. Si levò la giacca, appoggiò sul termosifone i jeans fradici, si mise un maglione, si legò una sciarpa intorno al collo e s'infilò a letto.

Oh, miracolo! Da quell'esatto istante la attendeva una dolce, cara malattia — un bel raffreddore, con una lieve tonsillite — che le venne non appena si sistemò un po' più comodamente sotto i tre plaid che le facevano da coperta.

Passarono giorni e notti. Dopo quell'episodio

Mal'vina iniziò anche a lavorare in un quarto posto: in chiesa. Qui, senza ricevere alcun compenso, puliva, spazzava, lavava, consolava gli afflitti e aiutava i parrocchiani come poteva. Cuciva, preparava prosfore, biscotti e marmellate, versava il vino dei monaci nelle bottiglie, portava dentro il vino, ritirava le casse, donava fazzoletti da testa alle parrocchiane, distribuì cinque berretti invernali, curava i feriti di guerra, curava i moribondi, e faceva mille altre cose, utili e importanti.

Con i suoi sacrifici quella donna meravigliosa tentava di ringraziare il suo nuovo miglior amico, colui che da allora si prendeva costantemente cura di lei: onnipotente e magnifico, incomparabile ed elegante, pratico ed energico, generoso e ottimista, inappuntabile e organizzato, audace e modesto, grandioso e sempre allegro, dotato di una voce stupenda che risuonava come se venisse dal nulla; ovviamente avete capito a chi mi sto riferendo.

La fiorista

La fiorista è una donna che ama i fiori. E io, lo ammetto, sono stata innamorata di lei per più mesi di seguito. Perché una fiorista si intende di fiori come nessun altro. Impossibile sorprenderla con le parole "ranuncolo" o "elleboro". Sebbene a lei piaccia molto essere sorpresa: sussultare, rivolgendo all'interlocutore il suo volto perplesso a forma di margherita, spalancare gli occhi, afferrarsi allo schienale di una sedia con mano tremante e storcere la bocca in una O.

D'altronde, dei fiori le era toccata in dono l'imperturbabilità, nonché la rara bellezza. Ogni mattina alzava la veneziana del suo negozio e per qualche minuto rimaneva immobile in mezzo ai ficus e al bupleuro.

Eppure quasi nessuno faceva caso al suo viso singolarmente armonioso. Mai visto qualcuno fermarsi per ammirarla. Di pomeriggio, subito dopo la pausa pranzo, restava in piedi per un po', appoggiata allo stipite di plastica, mentre i passanti indifferenti proseguivano. Solo di tanto in tanto qualcuno faceva capolino nel suo chiosco. A me piaceva osservarla nel suo negozio quando raccoglieva i mazzi, disponendo fiori e rami nei vasi, oppure mentre tagliava i gambi o staccava le foglie. La fiorista conosceva parole esotiche, pressoché inesistenti, che indicavano le varie tonalità, le sfumature, i petali e le pronunciava con gioia, distintamente, come un bambino che ripeta il primo verso imparato memoria. «Esponete alla luce quei ranuncoli asiatici del color dell'avorio». Lei ne era certa: i clienti del suo negozio non compravano tanto i fiori, quanto i loro nomi.

Questa mia conoscente viveva a Donec'k e la cosa che amava di più al mondo era decidere come chiamare i suoi bouquet e le sue composizioni floreali. Una volta – era una mattina d'inverno – la sorpresi al bancone felice, raggiante, e le sue labbra evidenziate da un rossetto vivace, perfettamente disposte nell'estremità inferiore del suo volto color madreperla, esclamarono in tono trionfale: ascolta, i miei nuovi nomi sono pronti! Presta attenzione alla loro forma melodiosa, ma non tralasciarne neppure il significato filosofico:

Colazione a Venezia
April Wow Chic
Absolute Spring
Alcove romane
Segreto d'Ucraina
Marzo primaverile

Era in trepida attesa della mia approvazione e gliela diedi. S'era inventata i nomi per i bouquet della stagione a venire confidando in un rapido arrivo della primavera.

La fiorista era una donna affermata, assai dotata di senso pratico, se la cavava benissimo non solo con i fiori, ma perfino con la contabilità. Al contempo, era totalmente inadatta alla vita. Come mi disse più di una volta, poteva esistere soltanto all'interno del suo negozio che, da un certo momento in avanti, era diventato tutto per lei. Perfino i giorni festivi aveva deciso di ignorarli, e nell'inverno del 2014 lavorò sia di sabato che di domenica.

Che cosa sto raccontando? Ha senso continuare questa storia? La storia di per sé non esiste, e il racconto non prosegue, si interrompe. La fiorista sparisce.

La casa dove viveva è distrutta. Il suo negozio riadattato in un magazzino di fascicoli propagandistici. I suoi clienti abituali da un pezzo hanno lasciato Donec'k.

Poco tempo fa, del tutto casualmente, mi sono imbattuta in un uomo che spesso acquistava fiori da lei. Ha ammesso di aver sentito parlare della fiorista. Aveva preso la strada dei campi, per unirsi al movimento partigiano. Proprio così: la strada dei campi. Ma da che parte combattesse la sua unità partigiana e in quali campi di preciso non era dato sapere. La fiorista, aggiunse, non aveva mai capito un'acca di politica. In un certo senso, era uno di quei bruchi che vivono sui fiori; suddivideva perfino le persone in specie floreali. A parte i fiori, non aveva mai visto niente, in vita sua, osservò costernato.

«Magari adesso combatte tra le fila dei giacinti» dichiarò a un tratto, e si mise a sghignazzare. Silenzio. Lui mi fissava, in attesa che tributassi il giusto merito alla sua spiritosaggine. «Il tempo passa, io divento sempre più intelligente, e comincio a capire in che direzione ci stiamo muovendo e perché» aggiunse. «Non sono più quello di prima. Mica mi fai fesso così su due piedi. Kiev qualcosina me l'ha insegnata. Non è la nostra cara, ingenua Donec'k. Però l'umorismo non mi tradirà mai! Che gli altri paghino pure, per procurarselo, io ne ho da vendere.» Scoppiò di nuovo in una risata e, incedendo con passo trionfale, si dileguò là dove lo reclamavano i suoi affari.

La ragazza della manicure

Una giovane donna, quasi un'adolescente, abitava completamente sola ad Antracit, in un grande bilocale di quarantotto metri quadri. Per lei quell'appartamento non aveva limiti né confini.

In genere trascorreva il tempo libero a casa, dove cercava di arrivare subito dopo il lavoro. Lavorava in un salone per la manicure. Di amici ne aveva pochi, o quasi nessuno, i genitori vivevano lontano, in un altro paese. E lei abitava per conto suo, nell'appartamento che aveva ricevuto in eredità, che le sembrava un castello. Ogni mattina usciva con la scusa di comprare qualcosa e, calpestando sempre le stesse lastre di cemento, verificava qual era la situazione in città; se era tutto tranquillo, andava al lavoro.

Usciva di casa, eppure in centro non si dirigeva mai, perché il centro della città le trasmetteva una lieve inquietudine o addirittura un terrore panico. Seguiva solo l'itinerario che ormai conosceva bene, da casa al negozio di alimentari; proprio accanto al negozio si trovava il salone di manicure. Non era suo, ma la proprietaria da qualche tempo viveva all'estero, e quindi la ragazza disponeva di una piccola chiave con cui apriva la porta di quel salone altrui, dove lavorava con abnegazione anche dieci-dodici ore al giorno, senza rendere conto di nulla a nessuno e senza preoccuparsi della sicurezza, tanto i costosi strumenti per la manicure, che lustrava fino a farli luccicare, li teneva a casa sua. Portava la frangia di lato, aveva sempre un colorito fresco, le mani perfettamente curate, e sulle unghie del mignolo e dell'indice degli arabeschi orientaleggianti che aveva disegnato lei. Era talmente brava che alcuni la consideravano una vera e propria artista. Altri l'avevano notata e si erano messi a fantasticare su come sarebbe stato bello diventare intimi o, quantomeno, conoscenti. D'altronde, di sicuro avrà avuto degli amici, solo non nella nostra città. Perché è impossibile che una ragazza così graziosa, simpatica, sportiva non avesse amici. La amavamo molto. E non sospettavamo che fosse sola, che non ci fosse nessuno a difenderla. Non avevamo neppure notato subito che, a un certo punto, il salone era scomparso; al suo posto, c'era un un magazzino di forniture. L'unica cosa che sapevamo con certezza era che non aveva lasciato la città, tutti nella nostra via erano certi che non fosse scappata da nessuna parte, che non si fosse trasferita. E a conferma di questa tesi deponevano indizi validi.

Ma quando finalmente ci azzardammo a rivolgerci allo sconosciuto che lavorava adesso in quello che una volta era il salone di manicure, quando ci risolvemmo a chiedergli dove fosse finita e che cosa le fosse capitato, lui rispose più o meno quanto segue: «Le era venuto il raffreddore, basta fare domande stupide, le era venuto il raffreddore, ed è impensabile continuare a fare la manicure con quella malattia, le mani ti tremano; per cui, esclusivamente per questioni di igiene e di sicurezza, siamo stati costretti ad allontanarla temporaneamente. Ma non vi preoccupate: presto guarirà e sarà lei stessa a telefonarvi, se siete suoi clienti abituali, oppure verrà a riaprire qui il suo salone...»

E quindi aspettammo per un po' che lei tornasse.

Sono passati più di due anni, e io ancora aspetto.

Mia sorella

La vidi lì, in piedi, a osservare le macchine in fila. 5 luglio 2014. L'esercito di Strelkov stava abbandonando Slov'jans'k. Una grigia giornata fumosa al termine di mesi slabbrati, flash indistinti di fanali, vento e rimbombo di clacson. Evidentemente aspettavano qualcuno, per mettersi in marcia.

Vetri rotti al primo piano del condominio accanto, nere pozzanghere dopo la pioggia, voci che chiamavano e urlavano; ma lei non si muoveva da lì. Poi ebbi l'impressione che i passanti si fossero paralizzati; e calò un silenzio assoluto, un silenzio che s'impadronì non solo delle strade lì intorno, in cui erano ferme auto solitarie, con a bordo passeggeri pronti a partire, ma addirittura dell'intera città. File di finestre che si illuminavano, dai loro vani vuoti penzolavano fuori qua e là cavi serpeggianti, a sfruttare la rete elettrica degli appartamenti vicini.

Le macchine, sporche e tetre, convergevano a poco a poco verso il centro città.

E lei era ancora lì, all'incrocio, nell'evidente tentativo di richiamare l'attenzione di uno degli occupanti delle macchine.

«Io con voi non ci vengo!» gridò all'improvviso, sovrastando il rumore dei clacson. «Io rimango qui. Ho deciso: non parto!»

Mia sorella aveva preso la sua decisione. Solo un minuto prima sembrava che fosse di altro avviso. Da quando quegli uomini a noi estranei erano apparsi nella nostra città, lei, per tutto il periodo della loro permanenza, gli aveva preparato da mangiare, cercando di confortarli e ascoltando i loro discorsi, per poi, orgogliosa, riferirci i loro piani militari per i giorni seguenti, la presa della regione di Charkiv e infine, ineluttabile e fatale, quella di Kiev. E adesso, di punto in bianco, ci annunciava che sarebbe rimasta. Ma rimasta dove? Con noi, che nel giro di poche settimane, le ultime, ci eravamo trasformati ai suoi occhi in perfetti estranei? D'altro canto, il significato della sua esistenza, i suoi desideri, i suoi sogni, le sue speranze, potevano sussistere solo fintanto che la nostra città fosse rimasta in mano a quegli uomini armati, a quei soldati sconosciuti. Pareva trascorso un secolo da quando ci aveva annunciato che sognava di unire la sua vita a quella di uno di loro. Già parlavano di matrimonio. A un tratto, da un'auto saltarono giù due tizi dalle spalle larghe. La circondarono in men che non si dica e un attimo dopo lei era già sparita dietro lo sportello chiuso della macchina.

Proibii a me stessa non solo di capire cosa ci fosse sotto, ma anche di pensarci.

Nessuno di noi si azzardò ad avvicinarsi, per chiedere dove andassero, quando l'avremmo rivista.

Perdemmo ogni contatto. Per noi parlare di lei era tabù. Pare impossibile ma per mesi e mesi di fila restammo così, senza saper nulla. D'altronde, dove attingere informazioni, a chi telefonare? In ogni caso, non avevamo il tempo di scoprire dove fosse finita.

E poi, dopo mesi, riapparve.

Non che ci sia molto da dire. Non si lamenta, abita da noi, lavora. Al lavoro non se la sono presa per la sua assenza. E con questo voglio dire che hanno continuato a pagarle lo stipendio per tutto il tempo in cui è stata via. È l'unica cosa che siamo riusciti a fare per lei. E non è poco, soprattutto per i nostri standard. Lei non ci racconta nulla, e neppure noi le chiediamo granché.

Una storia di vicini

"Ovviamente la soglia tra la vita e la morte è nota da sempre come Soglia Radiosa. Mentre la parete che separava la cucina dalla camera da letto si chiamava Separete. E la luce sul comodino: Cocaina. Invento nomi e soprannomi per tutto ciò che mi è caro. Perfino il topo che si nascondeva nel nostro appartamento era Lucio. Finché non l'ho acchiappato. Si può dare qualunque nome a qualsiasi cosa, lo sanno tutti. E ora posso permettermi di ricordarne alcuni e perfino di inventarne altri perché ormai tutto ciò si è volatilizzato, è affondato nel Lete, s'è dato alla macchia o ha esalato l'ultimo respiro..."

Così rifletteva una donna che fino a poco tempo fa era responsabile di un comparto importante di una grossa azienda e adesso lava i pavimenti nello studio di un notaio di Kiev. Prima d'inverno usciva a comprare il pane solo in visone o in pelliccia di martora, adesso al lavoro indossa un piumino che vede come la sua sventura e la sua maledizione. E tutto perché, una volta distrutta, la casa spaziosa che aveva ristrutturato da relativamente poco tempo e riarredato completamente è trasmigrata in toto nella sua immaginazione. E il fatto che quella casa ancora esista nella sua mente le impedisce di rifarsi una vita.

Si era trasferita a Kiev – come amava dire, aveva «salvato la pelle dalle fiamme» – e si era gettata a capofitto nella ricerca di un lavoro, non importava quale.

L'avevano assunta in un piccolo studio notarile privato che, a dir la verità, privato lo era solo per modo di dire. La donna sapeva perfettamente che tutto ciò che esiste di privato nel nostro paese lo è soltanto in parte. Pertanto non si meravigliò quando scoprì che il compenso che le proponevano equivaleva a quello che percepisce una donna delle pulizie in un ospedale pubblico e non in uno studio professionale di fama. Da quel giorno e da quell'ora, allorché suonò il campanello e la somma miserabile venne annunciata, la donna – che era istruita, ostinata, sola, bisbetica e un po' risentita – avrebbe dovuto darsela a gambe, sparire nel nulla, fare qualsiasi cosa ma non rimanere lì, in quel maledetto studio con le pareti che si rastremavano verso il soffitto e le stanzette minuscole.

Possibile che una come lei, con i suoi contatti e la sua reputazione, non fosse riuscita a rimettersi in carreggiata con un paio di telefonate giuste? E avrebbe potuto, questo è sicuro; forse le sarebbe costato un po' di fatica, ma alla fine avrebbe trovato un posto al sole dove costruire il suo nuovo nido, non peggiore di altri. E invece, anche quando le furono rivelati, uno dopo l'altro, tutti i particolari agghiaccianti del suo nuovo impiego – ad esempio che le donne delle pulizie dovevano comprarsi a spese loro stracci e ramazze, così come pure il resto dell'attrezzatura – il proposito di rimediare alla propria situazione continuò a infrangersi come per magia contro l'immagine ossessiva della planimetria esatta delle stanze della sua ex casa, dei vecchi solai e delle cantine che necessitavano di una ristrutturazione completa, come tutti i condomini avevano già fatto presente.

Perché le circostanze avevano voluto che nel suo palazzo vivessero esclusivamente persone benestanti, affermate, con posizioni di tutto rispetto. Uno dirigeva l'ente per l'edilizia pubblica, un altro era vicedirettore per il comparto tecnico, un altro ancora era un manager, sempre nel settore dell'edilizia, e uno era perfino capofiliale di una banca. Non che all'epoca lei fosse particolarmente benevola nei loro confronti, anzi, riteneva che non fossero degni di allacciarle le stringhe. Adesso invece passava le giornate a chiedersi dove se la fossero squagliata e che fine avessero fatto.

Girava voce che il manager per le pubbliche relazioni – quello del secondo piano – si fosse ritirato a vivere in campagna a coltivare una nuova varietà di patate, mai viste in quella regione: rosse, a forma di cuore. Il loro nome era Tubero VIP.

Pare che una donna, molto ricca e conosciuta, non rivelerò la sua professione, fosse diventata invece architetto ed esercitasse nella città accanto. Ma accertare la veridicità di quella notizia era difficile, non restava che credervi sulla parola.

Il capofiliale dal canto suo si occupava di stalking, ossia faceva lo stalker: accompagnava i turisti tra le case distrutte e mostrava loro squarci della grandezza di una palla da cannone. Era l'unico ad andare orgoglioso del proprio lavoro e, quando il discorso cadeva su complesse questioni politiche, ripeteva che, in ogni caso, tutto lasciava sperare per il meglio.

Ma cos'era successo agli altri? Come si erano sistemati? Come andare dal gabinetto alla cucina senza passare per il corridoio del mio vecchio appartamento? Come evitare il bagno e finire direttamente in salotto? Dove termina il vestibolo e dove comincia la camera da letto?

Tali interrogativi affliggevano la donna al punto che, mentre lavava i pavimenti, a volte le risposte – diverse, ma sempre chiare e sonore – le sfuggivano di bocca ad alta voce; allora gettava lo straccio nel secchio schizzando d'acqua i clienti, mossa che non contribuiva in alcun modo a una rapida risoluzione dei loro problemi legali.

Avrebbero voluto licenziarla, invece le proposero di lavorare di notte, invece che di giorno. Il posto continuò a essere suo. Ancor oggi la donna viene a pulire a mezzanotte e finisce verso le sei. E le malelingue la smettano di dire che i profughi non riescono a trovare lavoro nella nostra metropoli.

Una donna trova un lavoro

Una giovane donna assai in gamba voleva trovare lavoro a Kiev. Aveva un bisogno disperato di lavorare, a ogni costo. Abitava in un appartamentino in affitto e i suoi risparmi stavano già finendo. Inoltre, era tutta la vita che sperava di dare il proprio effettivo contributo, per così dire, alla cultura e all'arte. Per giunta, sapeva fin da bambina di essere intelligente e di possedere quasi tutti i talenti alla portata del genere umano: cantava, danzava, componeva musica, scriveva poesie come nessun altro, dipingeva fiori con gli acquerelli. E oltretutto si era laureata in economia e aveva solide basi anche in fatto di giurisprudenza.

Ma chissà perché per settimane e settimane non le capitò di imbattersi in un lavoro adatto a lei e le scadenze, le scadenze... maledizione, quanto costano qui le settimane. L'avvicinarsi della data in cui avrebbe dovuto versare la rata successiva dell'affitto non le dava tregua, dimagriva sempre di più e talvolta la sera il futuro che le si prospettava la spaventava al punto da costringerla a rifugiarsi in un caffè, non importava quale, pur di non restare da sola. Lì accanto, in via Prorizna, per un espresso di eccellente qualità spendeva quanto rimaneva del suo patrimonio. Come tutti sanno, il caffè a Kiev talvolta costa parecchio e rappresenta una sorta di compensazione per le sofferenze spirituali di chi sperpera a cuor leggero la propria fortuna.

Perciò, quando s'imbatté in quell'annuncio, chiamò immediatamente, si mise d'accordo per il colloquio e cominciò a lavorare. Da allora non risponde se le telefono e non mi richiama più.

L'ACCADEMIA NAZIONALE D'ARTE UCRAINA
CERCA UNA SEGRETARIA

Se è una donna giovane e determinata, ha compiuto 18 anni ma non ancora i 25, se ha un fisico da modella, lineamenti piacevoli, conosce l'inglese e sa utilizzare il PC, se punta alla crescita personale, allora può ambire presso di noi al ruolo di segretaria del rettore, sbrigare la sua corrispondenza e accompagnarlo nei viaggi e nelle missioni all'estero. Stipendio 4000 grivnie (trattabili).

La donna con l'ombrello nero rotto

Kiev, marzo 2016

Non ho voglia di scrivere di lei, né desiderio di ricordarla. Aveva dimenticato l'ombrello alla fermata – credetemi, non c'è alcun bisogno di menzionare quest'episodio – poi, sotto la pioggia torrenziale, era tornata indietro a recuperarlo – se ho capito bene – e quando finalmente l'aveva preso in mano, non riusciva più ad aprirlo.

A quanto pare, era il suo ultimo ombrello.

Esiste qualcosa di più sbalorditivo di questo genere di avvenimenti, prima la scomparsa dell'ombrello, il tentativo di ritrovarlo, la mano tremante che si protende per...? Forse soltanto il bisogno di pensare a qualcosa di così insignificante, banale, l'urgenza di parlarne.

Un ombrello, da uomo, di media grandezza, semiautomatico; una macchia nera.

La fermata: una gabbia trasparente. E lei vi si dirigeva sotto la pioggia, quatta quatta, e nel frattempo, come mi avrebbe comunicato in seguito, pensava a quando, poco prima, in un'altra città, camminava sotto i proiettili, per andare a recuperare non so quale straccio nero. Ricordava lo sgomento, la propria stupidità. Quella donna si era trasferita a Kiev dalla regione in cui era in corso la guerra, e neppure qui, a dispetto del buon senso, aveva abbandonato le sue abitudini belliche, i suoi trucchi disperati per interagire con oggetti, cose, strade.

Non avevo la minima voglia di parlare con lei, per me è doloroso ricordare il suo viso, le sottili linee di frattura delle sue rughe. Ripeteva troppo spesso le stesse cose, come del resto faccio anch'io, ultimamente. Con insistenza eccessiva tentava di spiegarmi la propria disperazione, anzi voleva di più: che provassi ammirazione per il dolore, l'ansia, il terrore che non le lasciavano requie.

Non riuscirò mai a illuminare quell'inalienabile *smarrimento* che, una volta che si è impadronito di una persona, la tiene in pugno per sempre. Posso solo cercare di riprodurlo, di enumerare le manifestazioni della sua esistenza: quell'uscita precipitosa da casa alla ricerca dell'ombrello, la breve lotta ingaggiata con l'ombrello stesso, l'alterco nel corso del quale il bottone appena comprato e ricucito sul cappotto vola via, le stecche che schizzano fuori, proiettando un'ombra sul volto di lei. L'ombrello non si apre. E, in un momento di rabbia, viene abbandonato sulla panchina della fermata, perché bisogna precipitarsi al bar più vicino per riprendere fiato. Anche se, in realtà, non si tratta affatto di un bar, bensì di un chiosco sul viale Družba Narodiv, dove per 8 grivnie servono un caffè cattivo e per sei un bicchiere di tè. I nostri occhi s'incontrano. E lei attacca con la sua solita tiritera pietosa, recitandola alla donna del chiosco. Eppure la donna del chiosco la guarda con invidia: lei è una donna libera, la rapace e avida padrona del chiosco non la tiene stretta fra le sue grinfie.

«Questi panetti di burro sono quasi tutti sciolti» fa la donna del chiosco. «Vorrei ungermi tutta con questo burro, perfino i capelli, perché qui nel chiosco la pelle diventa come latta. Io vivo e dormo qui dentro, non esco per una settimana intera. Solo per una mezz'oretta, ogni tanto, faccio una scappata alla casa qui accanto – a lavarmi i denti, la faccia – altrimenti non un passo da qui, come un coniglio in gabbia.»

Entrambe le donne sono inquiete. Non possono andare avanti così. Io invece mi ritrovo qui con loro del tutto casualmente e la nostra conversazione dura un misero quarto d'ora.

La donna che era andata a recuperare l'ombrello, una volta ripreso fiato, vorrebbe scappare di nuovo, correre sotto la pioggia e la neve alla fermata, dal suo ombrello, che ha abbandonato laggiù e che ora spicca sulla panchina di ferro come una macchia nera, un tubetto di tempera spremuto o una boccetta di inchiostro versato. Per colpa sua adesso giace lì, alla fermata, malgrado avesse affrontato insieme a lei prove inenarrabili: sarebbe più facile dire che cosa non ha visto quell'ombrello nel corso dell'ultimo anno, che cosa non ha sperimentato.

La donna del chiosco cerca di trattenerla, appellandosi al suo buon senso, alla sua intelligenza, al suo orgoglio e al suo onore, e anche al fatto che non ha ancora terminato di bere il caffè.

Ma, alla fine, la donna ci lancia un'occhiata astuta, in cui leggo disprezzo e compassione, e dice che in ogni caso sarebbe dovuta andare a prendere il latte alla stazione della metropolitana Libids'ka e quindi si incamminerà in quella direzione, ovviamente passando davanti alla fermata.

E si allontana d'impeto. Come nel tentativo di raggiungere il rifugio antiaereo più vicino, inciampando e scavalcando ostacoli, corre verso la fermata, afferra l'ombrello e cerca di aprirlo. L'abbiamo già vista questa scena! È tutto inutile...

Ma stavolta non getta più l'ombrello sulla panchina, stavolta lo tiene in mano e si avvia in diagonale in direzione di un giardinetto e io, chissà perché, la seguo, la rincorro. E sento quello che dice al suo ombrello: «Tu, rottame nero che non sei altro. Maledetto il giorno che ti ho comprato. Sei eternamente sporco, malato, infetto. Non posso mai lasciarti solo. Sei tutto rosicchiato da mille infezioni e malattie, sei un rottame, e io mi sbarazzerò di te, stanne sicuro. Non avrò pietà. Ieri ti ho portato al parco, ti ho lasciato sulla panchina accanto al cestino dei rifiuti e tu sei rimasto lì, bastardo, razza di aborto, mi hai aspettato... Oggi invece ti porterò in un posto talmente sperduto che voglio proprio vedere come farai a cavartela, hai voglia ad aspettare lì, bestiaccia ingrata. E dire che ti avevo chiesto di comportarti come si deve, di obbedire, ma tu ti sei impuntato; quando mi mettevo a pulire, lavavo tutto quanto, lavavo pure te, ma niente, non è bastato, hai fatto come ti pareva, perché volevi essere te stesso. Perché per te è questa la cosa più importante: essere te stesso! E io invece non posso più essere me stessa! Sono a pezzi! Non mi ricordo nemmeno quando sono stata me stessa per l'ultima volta! Sono stanca! Stanca di andare con te dappertutto, stanca di tirarti fuori dai guai. Restatene pure qui dove sei, caro mio, e io ne me andrò a Libids'ka. Credimi, sarà meglio per tutti, sia per te che per me».

Sparì dietro una casa. Evitai di seguirla.

La sognatrice

Aveva molti talenti, ma ancor più capacità. Aveva abitato prima in un villaggio dalle parti di Poltava, poi a Sumy, poi a Kiev, sempre in seconde case che non appartenevano ad amici, bensì a persone che conosceva appena. Aveva una tuta nera, con guarnizioni di velluto, dalla foggia estremamente raffinata. E poi anche un maglione, un paio di scarpe, uno di stivali, una borsetta, cosmetici e poco altro; in generale, le era sempre piaciuto viaggiare leggera.

Voleva fare nuove conoscenze, trovare un'amica e un lavoro. Avrebbe potuto essere sicuramente una buona amica: era una persona di cui ci si poteva fidare. Tutte quelle cose brutte, cattive, tristi, dolorose, deprimenti: non voleva più pensarci, o forse non ci aveva mai pensato. Perché disperarsi quando perfino nei mesi più tetri a volte spunta una bella giornata di sole? Anche se fuori fa meno sette, e la neve al sole non accenna ancora a sciogliersi.

Si era trasferita a Kiev nell'autunno del 2015;

aveva svernato da sola in una casa fredda e vuota, in una traversa senza sbocco di una delle incolori vie degli orti Rusanivs'ki.

Un mese e mezzo fa la sua casetta di mattoni apparentemente confortevole si ritrovò circondata da mucchi di neve. Chissà perché, proprio in quella via a spalare la neve non ci pensava nessuno. Le macchine non circolavano più. La notte giungevano rumori da una casa dalla dubbia reputazione. Alcuni ospiti, che erano arrivati prima della nevicata, avevano deciso di rimanere lì. E prendevano la notte per il giorno. Di giorno dormivano, anche se ogni tanto qualcuno si svegliava e usciva, con tutta probabilità per sbrigare alla luce del giorno qualcosa di tipicamente notturno. Dalla tarda sera fino all'alba, dietro i vetri appannati si udivano grida, strilli, frastuono di stoviglie rotte e i muggiti di chissà chi.

Finalmente una mattina qualcuno bussò alla finestra della donna. Uscì sulla soglia e vide la sua vicina, giovane, carina e sbronza fradicia. Indossava una gonna, al posto di un maglione o di una giacca si era legata intorno al petto due sciarpe, una bianca e una rossa, e tra i capelli aveva delle frasche di abete. La sciarpa rossa e le frasche la facevano assomigliare a un cervo ferito. Le braccia e le spalle restavano scoperte, eppure non sembrava aver freddo.

«Muuuuu!» disse la vicina e tentò di chiedere qualcosa alla donna, ma non ci riuscì, pertanto emise un altro muggito.

Allora la donna la invitò a prendere una tazza di tè bollente. Lei entrò, pressoché svestita, in una fredda casa altrui, e questo fu l'inizio della loro grande amicizia.

Trascorsero insieme tutta la sera e si divertirono un mondo. Risero, giocarono a carte, prepararono delle mele al forno, andarono alla casa della vicina a tirare palle di neve e tappi di bottiglie di birra agli ospiti, poi rientrarono e bevvero caffè corretto col cognac.

Poi la vicina tornò a casa sua – per poco, mezz'oretta soltanto – e la donna si addormentò.

E fece un sogno. Sognò di scendere in slittino, da sola, da un'immensa altura, giù in una foresta selvaggia, e nella foresta vivevano degli orsi che parlavano svariate lingue straniere. Uno degli orsi acchiappava il suo slittino e lo tirava a un altro orso. E questo a un altro. Lei volava in slittino di zampa in zampa, era bello e divertente. Sghignazzava e cercava di abbracciare gli orsi, ma quelli digrignavano le zanne e scherzavano come lord inglesi. Poi sognò che in mezzo alla foresta era sorto un enorme castello che assomigliava alla villa di un pezzo grosso di Sumy. Lei entrava in quel castello e nell'atrio c'era un grande tavolo, e sul tavolo un pesce vivo, dall'aria simpatica, che con la coda le faceva segno di avvicinarsi. Lei si avvicinava e a quel punto riconosceva il pezzo grosso di Sumy, Valerij Nikolaevič, in cima a un'altissima scalinata. Troneggiava lassù, con una pesante corona dorata calcata in testa. Ma il castello era stregato. Un drago rapì il figlio di Valerij Nikolaevič e lo trasformò in un sessantenne. Allora un uccello smisurato spiccò il volo giù dal soffitto e la portò via da quel luogo maledetto.

E qui la donna si svegliò per la prima volta.

Poi però si addormentò di nuovo.

E fece un altro sogno. Sognò che stava camminando in via Sofiivs'ka a Kiev, risalendo dal Majdan Nezavisimosti. Gli alberi secolari spazzavano la via davanti a lei con le loro foglie. Tutt'intorno si aggiravano animali preistorici: dinosauri, pterodattili, ma anche elefanti con indosso selle ricamate. All'improvviso vide gli antenati degli ucraini, pressoché indistinguibili da quelli odierni. Anche loro erano buoni, ingenui e un po' furbetti. Continuò a percorrere via Sofiivs'ka, poi girò a destra e scorse una casa dagli splendidi balconi. Su un balcone c'erano enormi tini pieni di fiori meravigliosi, e una donna altrettanto meravigliosa che le ricordava la sua vicina e che si era affacciata proprio in quell'istante, con un annaffiatoio verde smeraldo tra le mani. Cominciò ad annaffiare i fiori, alla sognatrice venne una gran sete e si svegliò.

E, pensate un po', accanto a lei c'era la sua vicina e, dietro la vicina, i suoi amici. Che felicità! Erano venuti a trovare proprio lei, nella sua casa fredda! Dove adesso non era più sola!

Offrì ai suoi ospiti una tazza di tè e riferì loro il primo sogno, tanto per cominciare, e poi il secondo. Gli ospiti erano sconvolti. Uno che aveva il collo bluastro e la barba che gli ricresceva, gridò: «Impossibile che abbia fatto tu questi sogni! Ti sei inventata tutto, pecora che non sei altro! La gente non sogna certe cose!».

Un altro, un uomo dall'aria istruita, dichiarò: «Sogni così non vengono neanche ai geni!». Neanche lui le credeva. Ma la donna, per tutta risposta, scoppiò in una risata ingenua. E poi disse: «Be', vicini cari, siete matti? Secondo voi mi metterei a inventare sogni? Non avrei altro da fare che escogitare castelli, foreste, uccelli, elefanti e animali preistorici? Ci mancherebbe soltanto che perdessi tempo con simili sciocchezze!».

La compagnia prese atto della sua opinione e non la accusò più di una truffa così vergognosa qual è l'invenzione di sogni a vuoto. Perché la donna sognava in continuazione! E questi sogni le cambiarono completamente la vita.

La vicina diventò la sua migliore amica. Aprì una caffetteria nel centro di Kiev e la assunse. Lì servivano caffè dai nomi strani: Sogni d'oro, Meditazione, Mondi Fatati e Volo al di là dell'Oceano dei Desideri.

Di giorno in giorno quella piccola caffetteria diventava sempre più di moda.

Il padre della sognatrice si ammalò e lei iniziò a mandargli dei soldi. E allora la sua nuova amica, per farle un favore, sistemò suo padre in un ospedale talmente prestigioso che lui, dalla felicità, smise perfino di telefonare alla figlia. Aveva paura di mettere in fuga quella fortuna, le spiegò in seguito.

Nella caffetteria dove lavorava la donna non si discuteva mai di cose terribili, deprimenti o spaventose. La politica era bandita. E anche adesso lì non si può parlare di nulla di triste, angoscioso, irrimediabile o terrorizzante. Ogni venerdì si riunisce una compagnia ristretta di amici per ascoltare due o tre sogni – ma alle volte anche cinque – tra gli ultimi fatti dalla cameriera.

Ecco qua il suo ennesimo sogno e come lo ha interpretato.

«Ho sognato che avevamo comprato delle cannucce colorate per la cioccolata calda. Erano belle, insolite. Bastava accostarne una alla bocca perché dalla cannuccia cominciasse a sgorgare una musica, una musica così bella che ti faceva venir voglia di piangere e ridere allo stesso tempo. E la gente a Kiev, sul Majdan, piangeva e rideva, sentendo la musica che veniva dalla nostra caffetteria. Qualcuno si metteva a ballare. Oh, com'ero felice di sentire quella musica meravigliosa! Era magica, divina! Grazie alla sua melodia, le viuzze tutt'intorno s'erano riempite di attori e musicisti travestiti da animali. Gli attori danzavano e poi, di colpo, cominciarono a mangiare i musicisti, ma i musicisti non sentivano male, gli faceva piacere. Il loro sangue fumante scorse fino alla nostra caffetteria e io mi precipitai a leccarne un po', a quattro zampe. E in quell'istante sentii che mi stavo tramutando in una persona completamente diversa, ero un'europea e abitavo in un antico, grande paese. Questo paese non conosceva confini, né barriere, né differenze nel modo di vestirsi o di dichiarare il proprio amore.

Prima ero una ragazza come tante altre, adesso invece... che straordinaria trasformazione!

I sogni hanno fatto di me una persona di successo, i sogni raccontano non soltanto del mio futuro, ma anche del destino del mondo, soprattutto di quello dell'Ucraina e dell'Europa.

Ieri ho sognato un bellissimo cane: un levriero, un segugio, fulvo, con due colli e due teste. correva davanti a me in direzione sud-ovest, spalancandomi la via verso il Podil, la Città Bassa di Kiev. Era un cane audace: ha profetizzato che saremo tutti felici e che ci attende una grande prosperità, se non proprio quest'anno, quantomeno quello prossimo.»

La solitaria

Il destino l'aveva scaraventata a Kiev e lei non sapeva che fare. Era di Donec'k, dove aveva trascorso tutta la vita, in una casetta unifamiliare, insieme ai genitori. Aveva abbastanza soldi in tasca. Così si dice: in tasca, anche se le sue vere tasche erano vuote, e il vento ci danzava dentro. No, questa del vento è un'esagerazione. In realtà lei aveva semplicemente qualcosa da parte, alla mal parata. Da noi si dice così: alla mal parata, anche se lei stava già male da un pezzo, e non sapeva bene cos'avrebbe dovuto parare. Insomma, disponeva di una somma, di certo non considerevole, accantonata per i casi d'emergenza, cui adesso era costretta ad attingere, spendendola sistematicamente.

«Che donna interessante!» disse di Sveta Orlec' un anziano alcolizzato del bar *Vernissage* di Podil, per passare poi, di punto in bianco, a concentrarsi su un oggetto completamente diverso. Stava osservando con tenerezza una sedia coperta da una serie di crocifissioni. Quei teppistelli ortodossi di Kiev, ancora una volta, non avevano saputo trattenersi: anche l'ampio tavolo di legno era tutto cosparso di Cristi e di croci incisi da una mano infantile e, al contempo, non del tutto sobria. L'uomo si segnò, inchinandosi dinanzi alla sedia con aria devota. Sveta emise un singhiozzo. Era seduta accanto a me, ma perfino in quel momento era maledettamente sola. O meglio, "sola fradicia", come diceva lei.

A Kiev non aveva assolutamente idea di cosa fare. Non sapeva da che parte iniziare! In quella città non c'era neppure un ramo a cui aggrapparsi, o un gradino su cui mettere il piede. Mancava qualsiasi punto d'appoggio. «Che li nascondano apposta per me? Sono sparsi tutt'intorno, come coriandoli scintillanti su un palcoscenico alla fine dello spettacolo, e io sono la sola a non vederne neppure uno? Forse sono come fuochi fatui. Qui è facilissimo infilarsi da soli in una palude e cominciare a sprofondare. Allora io griderò "aiuto, aiuto!" e il massimo in cui possa sperare è che quel vecchio caprone si giri a contemplare gli ultimi istanti della mia vita!

Ecco, adesso sono seduta qui insieme a lei e lo vedo che è gentile, e che io la incuriosisco, eppure mi annoio e so che non diventeremo mai migliori amiche.» Questa è lei che parla di me.

Ogni volta che a Kiev Sveta Orlec' si ritrovava seduta vicino a qualcuno – allo stesso tavolo o sulla stessa panchina – per lei era una delusione abissale. Nessuno era in grado di consolarla o tranquillizzarla. In presenza di altri esseri umani percepiva la tragicità dell'esistenza con ancora maggior chiarezza di quando era completamente sola. Non aveva nessuno con cui scambiare una parola e spesso ripeteva: «Nessuno?! Meno di nessuno! Dio mio, ma queste saranno mica persone? Sono avanzi, brandelli, non persone. Biascicano, si mangiano le parole, non si capisce neanche che cavolo dicono. Sgranano gli occhi, ti guardano, ma una parola comprensibile, che venga dal cuore, non te la dicono neanche per sogno. Io con loro morirò, come un cespuglio senza acqua, un camino senza fuoco, una macchina appena rubata nelle mani di un teppista. Morirò e non avrò neppure nessuno a cui dire alla fine: "Be', lei è stato gentile con me!". Io non chiederei altro che affidare la mia vita a qualcuno, parola d'onore, ma a chi? Qui non c'è nessuno che possa prendere neppure lontanamente in considerazione! Forse facciamo tutti parte di una generazione perduta?».

E, con queste riflessioni, il mio incontro con Svetlana terminò bruscamente.

La rividi qualche settimana dopo. A salvare Sveta era stata un'invenzione kieviana, una di quelle cabine con i vetri a specchio per i poliziotti di guardia, per la precisione quella ubicata in via Volodimirs'ka nei pressi del numero civico 16.

Una mattina Sveta camminava sulla Volodimirs'ka, disperata, ovviamente, se non addirittura terrorizzata pensando fino a che punto ci si possa sentire reietti, infelici, dannati. Camminava senza fretta, anzi molto lentamente e, seguendo un'abitudine che aveva preso negli ultimi giorni, faceva le smorfie. Tirava fuori la lingua, gonfiava le guance, sollevava le spalle, sporgeva le labbra, le arrotolava, rideva come una matta e guardava in tralice. Sveta storceva il volto, metteva il muso o, come diceva lei, si metteva in mostra. Evidentemente gli altri mezzi adatti alla ricerca di un equilibrio spirituale li aveva esauriti da un pezzo.

E fu allora che, del tutto inaspettatamente per Sveta – inaspettatamente e imprevedibilmente, come in una fiaba – le porte della cabina davanti alla quale stava passando si aprirono, e dalla cabina si sporse in fuori il lungo busto di un poliziotto che, con un sorriso bonario, le mormorò qualche parola di approvazione e di invito. Da perdere non aveva nulla. S'infilò fulmineamente dentro, ritrovandosi a tu per tu con un perfetto sconosciuto, in uno spazio ridottissino, dove soltanto uno poteva sedersi sulla

sedia, mentre l'altro doveva accontentarsi del tappetino steso per terra.

Senza dubbio i due scoprirono di avere molto in comune. Di colpo si erano trovati e da quel momento cominciarono a trascorrere insieme le loro giornate. Non solo: da allora le loro vite cambiarono repentinamente e insospettabilmente in meglio, come capita spesso a chi s'imbatte d'un tratto nella propria fortuna.

Lena in pericolo

Tutto questo è accaduto da qualche parte negli anni 2000, alla fine di un'epoca. Ormai nessuno si stupiva più di niente, tutto sembrava elementare, semplice. Ma sì, il nostro paese è così, indifeso.

In un paese così è impossibile stare, con minacce che ti arrivano da ogni parte. Ma è così. E se hai avuto la fortuna di nascere in un paese come questo, lo sai, ti adegui.

Avevo poco più di quindici anni, quando mio padre mi ha spiegato per la prima volta com'è pericoloso vivere qui, nel nostro paese. Io non sospettavo nulla.

Dieci anni dopo l'ho chiamato da Lipsia. Era un momento difficile, avevo nostalgia di lui, avrei voluto vederlo, vedere tutta la mia famiglia, andare a spasso con mio fratello e incontrare casualmente volti noti per strada.

Ma mio padre mi disse: «Meglio che resti dove sei». Il tono era inflessibile. «Il nostro paese è così... Viverci è diventato terribilmente pericoloso.»

Il cuore mi è balzato in gola, come se glielo sentissi dire per la prima volta. «Sai, figlia mia, è diventato così rischioso vivere da noi» e, tra me e me, mi veniva da ridere, e pensavo: "E quando mai non lo è stato?".

In quel momento sentire quelle frasi è stato orribile, assurdo. Perché quando senti qualcosa del genere allora sì che ti viene paura.

Il nostro è un paese così!

Per questo in Ucraina non ho mai camminato per la strada liberamente come a Weimar o a Lipsia. Sebbene anche qui, negli ultimi tempi, non si abbia più la sensazione di essere del tutto al sicuro. Poco tempo fa una mia amica stava tornando a casa e dietro di lei c'era un uomo che a un certo punto l'ha raggiunta e le ha tirato un pugno in faccia. Con tutte le sue forze, senza risparmiarsi. Una cosa simile non era mai successa prima a nessuno dei miei amici che vivono in Germania.

E lei che colpa aveva? Stava semplicemente tornando a casa, canticchiando una canzone, perché le piace canticchiare. Non era ancora tardi e il nostro è un quartiere tranquillo. È successo così, senza un motivo! Probabilmente anche quell'uomo è una persona infelice, perché non si picchia la gente così, di punto in bianco. Anche se esistono persone tutto sommato abbastanza felici che sono capaci di aggredire gli altri, per poi magari ripensarci su, a distanza di un giorno o due, o di un anno. Allora si vergognano, si sentono dei mostri, ma ormai non possono farci più nulla. Questi pensieri li perseguitano per sempre. Ma, a dir la verità, ogni tanto riescono anche a distrarsi.

Però nella maggior parte dei casi sono ossessionati da quanto è accaduto. Come se qualcuno avesse premuto un interruttore, un commutatore d'antenna. Ogni mattina quell'individuo si sveglia e dichiara: «Basta! Da oggi cambio vita. Smetto di pensare a quella cosa lì, che mi manda fuori di testa, che mi rivolta le viscere, che mi scuote il cervello. Questi pensieri finiranno per farmi impazzire. Basta! D'ora in poi non ci rifletterò più. Niente più muso lungo, sciocco che non sei altro. Sono cose che capitano a tutti. Ci sei stato male, ma adesso è finita. Oggi comincia una nuova vita. Diventerò una persona realizzata, supererò i miei limiti. Piangersi addosso non serve a niente. Anche se dovessi ammazzarti, non cancellerai i lividi di quel tizio».

Ah, se fosse tutto così semplice! Raramente propositi coraggiosi come questo sono in grado di risolvere la situazione. Ho sentito dire che i rimorsi di coscienza hanno portato una volta una persona in fondo non così cattiva alla rovina.

In Ucraina non mi sono mai sentita al sicuro. Neppure nella nostra Sumy, e dire che non è certo una metropoli, non è Kiev, né Charkiv. Laggiù una ragazza o una donna non poteva mai stare tranquilla, soprattutto se tornava a casa tardi la sera, anche se abitava in centro. Ma che vuoi farci? La regione di Sumy è l'ultima in assoluto dell'Ucraina, e il distretto di Jampol', dove sono nata io, è situato quasi al confine, all'estremità di quella regione. Un distretto piccolo, dimenticato da tutti.

Una volta doveva essere stata zona di partigiani. Qui intorno ci sono solo foreste, fitte, impenetrabili, seducenti. Perché lungo la frontiera puoi fare quello che ti pare.

«Se penso alle foreste mi viene da piangere» dice mia cugina. E per me è lo stesso, il loro ricordo non mi dà pace. «Le nostre povere foreste ce le stanno portando via, e i criminali restano impuniti. Di solito i camion e i vagoni passano di notte, quand'è buio, oppure all'alba. E tutto avviene illegalmente, di contrabbando!»

Ah, e dire che dalle nostre parti c'erano foreste meravigliose! In foreste così avevi l'impressione di precipitare, ci sprofondavi dentro come in un guanciale, talmente erano pure, silenziose. Se avevi un peso sul cuore, facevi due passi nella foresta e stavi subito meglio.

Qualche volta gli amici mi chiedono: «Ma chi sono questi che abbattono le foreste?» Le abbattono, fine della storia. Come facciamo a sapere chi sono? Volano le schegge, passano camion, macchine, carri, tutti stracarichi, di notte o all'alba. E le foreste diventano sempre più piccole. Ma non è chiaro chi ci sia dietro.

Una volta la zia stava andando con me da qualche parte, e parlava della foresta, parlava, parlava, senza però dire nulla di concreto. Di certo tutti eravamo indignati che per la foresta pagassero una miseria. Quanto di preciso non lo so, ma di sicuro non quanto vale effettivamente una foresta così.

Le conosco bene le nostre foreste, sconfinate, fitte, oscure. Ma l'ultima volta che ne ho vista una ho notato degli ampi corridoi dove non c'era albero che non fosse stato tagliato alla radice.

Mi è tornato alla mente il caso di un ragazzo che era andato a sradicare la foresta, un ragazzo che conoscevo, del nostro villaggio. Ci si era impegnato seriamente e, una volta arricchitosi, non ti salutava più, ti guardava dall'alto in basso, era diventato insolente e cattivo. Aveva fatto i soldi, e se ne fregava di tutto e tutti. Be', è andato nella foresta per una passeggiata e non è più tornato.

Quando vedi quei carri carichi di tronchi, rimani fermo lì e vorresti soltanto poter fare qualcosa. I rami spazzano per terra, fragili e indifesi, e sollevano una nube di polvere. Noi in Ucraina diamo via tutto per niente. Cos'è che non abbiamo ancora dato via? Una volta dicevo: «Le foreste non le avete ancora toccate». Be', adesso non è più vero.

E tutt'intorno c'erano certi villaggi! Una casetta dietro l'altra, adesso invece sono tutte cadenti. Una volta al centro della foresta c'era un villaggio ricco, con la corrente elettrica, enorme, un modello per gli altri. Me l'hanno raccontato i nonni. Ora non ne è rimasta traccia. Restano soltanto tre piccole isbe in mezzo alla foresta, in ciascuna vive una vecchietta, e tutte e tre raccolgono erbe e preparano intrugli.

In un villaggio non è che le cose spuntino fuori dal nulla, la gente deve capirlo. In Ucraina ce n'erano di villaggi fiorenti, e ce sono alcuni ancora adesso. Nella regione di Charkiv, ad esempio, hanno investito nei villaggi, hanno portato il gas e l'elettricità, da noi invece niente. Ecco come ci hanno trattati. E nessuno s'è stupito.

Perché qui siamo alla frontiera, nella foresta, ecco il motivo. E a nessuno gliene importa nulla, di noi, e al confine puoi fare quello che ti pare.

E intanto qui continuano a passare i vagoni, i camion. Gente venuta da fuori che strepita, romba, sradica, sega, abbatte, solo perché fa comodo a qualcuno. Ma da qui non è facile spostarsi. Mia zia abita a Šostka e ogni tanto torna al paese a trovare la nonna.

Un tempo al villaggio della nonna l'autobus passava quattro volte al giorno, poi, quando io andavo ancora a scuola, ha cominciato a passare due volte e adesso dicono che può capitare che non passi proprio. Come fai a muoverti da lì? Come ci arrivi al lavoro?

L'altro villaggio lì vicino ha avuto una bella fortuna: hanno fatto in tempo a portarci il gas. E le cose sono migliorate subito. Tra i giovani qualcuno è rimasto, altri sono persino tornati.

Ma nel paese dov'è nata mia nonna è tutto un altro conto. Quand'ero piccola, lei mi raccontava sempre: «Ah, com'era questo villaggio un tempo! Ricco, luminoso, colorato, proprio nel bel mezzo della foresta!».

E adesso chi vive laggiù non riesce a combinare più nulla.

Il suicidio: ecco l'unico campo in cui i giovani possono cimentarsi al meglio, sbizzarrire la loro creatività. Ormai non gli rimane altro.

I suicidi sono tanti che si fa fatica a ricordarli tutti. Quando ho iniziato a frequentare l'università, un mio coetaneo si è impiccato, un altro l'hanno ucciso, una notte, un altro ancora ha bevuto per scommessa dell'alcol etilico e ha fatto la stessa fine. Ogni tanto chiedo alla zia che novità ci sono, al villaggio. E lei risponde: «La vicina di via Lenin è morta, un'altra, ancora giovane, si è impiccata, una terza è andata nella foresta e non è più tornata». Tutta gente della mia età o poco più grande.

La ragazza che si è impiccata era più giovane di me di sei anni, ed era bellissima; a volte penso che la sua disgrazia sia stata proprio quella di essere così bella. Lì dove si è impiccata c'erano tanti mozziconi per terra, un tappeto di mozziconi tutt'intorno. La conoscevo fin dai tempi della scuola. Un motivo si trova sempre, da noi è come un'epidemia, si uccidono tutti.

Qualcuno si fa fuori a forza di bere, ovviamente. Ma altri si avvelenano o escogitano qualcosa di diverso. I nostri villaggi sono così. Ormai sono segnati, quello è il loro destino.

Adesso il guaio peggiore è che non te ne puoi andare. Di recente mio fratello si è recato a trovare la nonna, e si è messo a nevicare, strade e sentieri che scomparivano sotto la neve. All'inizio aveva pensato di restare dalla nonna fino alle cinque, ma poi di colpo si è deciso ad andarsene all'una del pomeriggio. «Come mai sei stato dalla nonna così poco, nipote degenere?» gli hanno chiesto. E invece aveva fatto bene, perché l'autobus era passato all'una, del tutto fuori orario, e la strada era già ingombra di neve. Qualcuno è riuscito ad andarsene, altri sono rimasti lì, bloccati.

Quando frequentavo l'università, ho vissuto per dei periodi nei villaggi di origine dei miei parenti. E ovunque mi sia trovata ad abitare nella regione di Sumy, che fosse estate o inverno, di pomeriggio spesso staccavano la luce, di colpo. A volte la luce tornava di notte, e la gente scattava e si preparava per andare al lavoro. Fuori c'è un buio pesto e, all'improvviso, alle cinque di mattina, riattaccano la luce per un paio d'ore. E allora mi ritrovavo a dover scegliere – all'epoca facevo il tirocinio in una scuola – che cosa fare nelle sere d'inverno: cucinare, oppure preparare le lezioni per l'indomani? Noi adolescenti soffrivamo senza luce. Talvolta vagavamo in strada per ore. Non potevamo leggere o fare i compiti, e anche da studiare non c'era granché. Camminavamo e parlavamo per ore, fantasticavamo, facevamo progetti per il futuro.

Qui dove vivo adesso non c'è nessuno che capisca, è impossibile spiegare cosa significhi rimanere senza luce ogni giorno, in un villaggio minuscolo. Restavamo seduti come in un bunker, ci riscaldavamo intorno al fuoco, ammesso che riuscissimo ad accenderne uno. Eravamo insieme, eppure chissà perché sapevamo già che ognuno di noi, col tempo, avrebbe preso la sua strada. Ci stringevamo gli uni agli altri attorno al falò, ma poi lo abbiamo dimenticato chi si era seduto vicino a noi, che genere di bambini, di persone fossero.

Farsi una vita non è semplice. Alcuni, senza dubbio, ne sono capaci. Ovunque vadano, intorno a loro si scatena un turbinio di proposte, di possibilità, fin dal primo istante. Ancor prima di entrare nel loro nuovo appartamento, sono già belli e sistemati. Su una decina di candidati, sono sempre loro a essere scelti. A volte mi dico che sarebbe bello essere così. Svegliarsi, e avere tutto a portata di mano. Decidi tu liberamente cosa fare, senza difficoltà, fai colazione e poi esci, ad affrontare i tuoi impegni. Io, invece, non so neanche se salire su questo tram o aspettare quello dopo. Resto seduta alla fermata e penso: "Be', e se restassi?". Potrei trascorrere qui un po' di tempo e intanto riprendere fiato. Pensare a me stessa, finalmente.

Cronaca di una rivolta

Dalla conversazione con Katerina N.

Nel 2015, all'epoca del processo alle parrucchiere, manicure e alle altre dipendenti del Salone di Bellezza Piramid, i magistrati che conducevano la cosiddetta inchiesta hanno sollevato una questione che avrebbe dovuto chiarire almeno un po' al governo della Città-Stato di Antracit le ragioni della rivolta.

I magistrati volevano sapere in che modo le idee e i pensieri rivoluzionari fossero nati nella mente delle lavoranti. La risposta più interessante è arrivata da Ksenija Semenova, leader delle ribelli e specialista diplomata in acconciature maschili, nota in città anche come magistrale interprete del carré con la sfumatura alta e del taglio alla paggio.

«Abbiamo visto tutte, in questi ultimi tempi, tutte come se fossimo una sola, abbiamo visto – e nessuna ha perso un solo dettaglio – quanti paesini spaventati, case ribaltate, donne stese a terra che impaurivano tutti con i loro corpi abbandonati che nessuno portava via... Quante conquiste e riconquiste, in nome della libertà e della completa autonomia. Abbiamo sperimentato nel nostro secolo anche molte rivoluzioni, quella dei Minatori, quella Arancione e il Majdan, e la nostra rivoluzione di Antracit. Abbiamo visto nuove formazioni atamane, qualcuno che ha ridato vita a una scuderia nel villaggio di Dyakove, e chi, a proprie spese, ha ricreato un mercato cittadino e due stazioni di rifornimento del gas. Noi siamo persone aperte, meschine non siamo mai state. Vogliono le stazioni del gas, che se le prendano. Non vogliono lasciarci neanche un soldo per il tè, vogliono un taglio e in cambio trattarci in malo modo? Facciano pure, sta alla loro coscienza. Ma la nostra testa ci ha ragionato su e ha capito, e anche noi abbiamo imparato a organizzare una rivoluzione.»

Ksenija Semenovna ha ricordato nel suo discorso avvenimenti politici e militari che avevano profondamente agitato la vita notturna e diurna di Antracit, separatasi per un breve periodo tanto dalla regione di Luhans'k quanto dallo stato di nuova formazione della Repubblica Popolare di Luhans'k, e costituitasi a sua volta in stato indipendente, governato da cosacchi e atamani.

Con ogni verosimiglianza, avevano detto i magistrati, Ksenija Semonovna e tutte le lavoranti del suo salone di bellezza, di fronte a una serie di avvenimenti di cui qui ovviamente non si parlerà, si sono sentite partecipi dei cambiamenti che avevano sotto gli occhi. È ormai evidente che non solo quel salone sentiva la necessità di un cambiamento: tutta una serie di altri parrucchieri, di palestre e due negozi di alimentari nel loro circondario si erano decisi alla rivolta! Dobbiamo con la maggiore accuratezza possibile indagare, protocollare e fare tutto l'immaginabile possibile, tutto quello cui arrivano le nostre forze, perché avvenimenti simili non si ripetano. Non è certo questo il momento di concedere indulgenze a soggetti come Ksenija Semenovna.

Eppure chiamare Ksenija Semenovna rivoltosa o rivoluzionaria, nel senso classico di questi termini, non sembrava possibile. I normali rivoltosi, loro, sono oppositori come gli Ukry, i Bandery di Stepan Bandera, o anche solo gli Indignati, e formano, che lo si voglia o no, gruppi isolati, si separano dagli altri cittadini, si chiudono, si immergono completamente nella loro attività, si procurano bandiere proibite, parlano tra loro lingue vietate, spesso si allontanano dalle loro famiglie, smettono di vedere i parenti, spezzano il legame con il loro ambiente abituale.

Ksenija Semenovna e le sue lavoranti non sono mai state respinte dal loro ambiente, esercitavano il loro mestiere, tagliavano i capelli, facevano la manicure, conoscevano molte persone in città, parlavano con chiunque; chiunque il destino decidesse di mandare nel loro salone. La disposizione alla rivolta non contraddiceva il loro sistema di vita, anzi tutte, come fossero una sola, sostenevano di voler fare di Antracit una città migliore. Non aveva senso per loro sapere se la città godeva della protezione di qualcuno o agiva sotto l'influenza di qualcun altro. Affermavano di essere al di sopra della politica.

Eppure, nonostante le insorte condividessero le stesse idee, non sapevano formularle se non in modo confuso, mancava loro quella ideologia comune che, come sanno anche gli scolari più giovani, è indispensabile a qualsiasi organizzazione rivoluzionaria. Non c'era stato nessun terzo grado, nessuna indagine, per quanto accurata, sui loro rapporti sociali, capace di ribaltare questa supposizione. Le insorte avevano opinioni troppo disparate, la loro istruzione era diversissima, e avevano giudizi e visioni del mondo e della vita distanti tra loro.

Tra le lavoranti del salone c'erano una ex studentessa di filosofia dell'Università di Luhans'k, una contabile, un'attrice, una pasticcera, soltanto un'estetista professionista e due parrucchiere diplomate che, tra l'altro, avevano frequentato scuole con impostazioni e tradizioni in conflitto. Alcune delle lavoranti avevano scritto lettere aperte – e anche lettere personali – giurando che mai e poi mai, davvero, avrebbero ripetuto un errore così fatale. Con espressioni commoventi avevano chiesto che le lasciassero uscire dallo scantinato perché volevano tornare dai loro mariti e dai loro bambini. Altre, in particolare le due sorelle Angelica e Al'bina, avevano steso lettere con spaventosi errori di grammatica e si era capito che non erano in grado di esprimere con chiarezza un solo pensiero. Si contraddicevano e battibeccavano, dicevano che per alcuni mesi non avevano ricevuto il pagamento supplementare per i tagli eseguiti e che se non fosse stato per queste continue umiliazioni non avrebbero aiutato Ksenija Semenovna, benché lei avesse tenuto a battesimo i loro neonati.

Era chiaro quindi che tra le insorte alcune appartenevano a famiglie di antracitiani note e rispettate e altre erano provinciali sconosciute, arrivate a Antracit dai paesi vicini, in cerca di una vita migliore.

Eppure tutte volevano fare qualcosa per il futuro e per il presente di Antracit ma questa loro aspirazione era guardata con sospetto e le aveva separate dagli abitanti della città.

Bisogna aggiungere che, tra i cosacchi dei servizi

segreti di Antracit e le insorte, non si era evidenziata quella distanza che si manifesta di solito tra i normali arrestati – o tra i nemici fatti prigionieri – e i loro inquirenti.

La barriera della differenza di classe lì non c'era.

Per esempio era stata scoperta una strana contraddizione nel caso di Ksenija Semenovna. Suo marito era Stojan Sergeevič, nome in codice Manbassa, soldato indipendente, miliziano irregolare, sambista dilettante, combattente per la sovranità di Antracit e del suo dipartimento come Città-Stato.

Stojan aveva istigato gli studenti del Liceo professionale del Trasporto automobilistico a unirsi al movimento "Primavera manovrata" e alle battaglie per l'indipendenza della città.

Inoltre era stato il consulente personale del pluricelebrato ataman Kosicyn, uomo capace di un raziocinio storico di vasto respiro. E ancora aveva operato nella sfera della diplomazia e si era spesso recato a Donec'k e a Luhans'k per stabilire le comunicazioni tra stato e stato.

Stojan Sergeevič – proprio lui – aveva contribuito con tutte le sue forze alla creazione della milizia irregolare, però poi non si era accorto che, proprio sotto il suo naso, nella sua stessa famiglia, si trovavano elementi estranei. Di questo si era dispiaciuto moltissimo.

Il pentimento di Stojan Sergeevič è stato un avvenimento chiave nel processo alle insorte e – tanto per l'ampiezza della sua portata quanto per la profonda commozione che ha suscitato – è riuscito a distogliere l'attenzione dalla condanna, la cui mitezza e umanità ha stupito i giudici stessi. Non si aspettavano di poter essere così sensibili nel valutare una protesta manifestatasi proprio nei giorni più difficili per la loro Città-Stato, in lotta per la liberazione da due piccoli paesi, da altre città-stato vicine, e – detto senza esagerare – da stati veri e propri.

Lastre tombali usate nel 1996 per pagare gli arretrati sugli stipendi dei minatori di Novovolyns'k. Questi resti di stipendio giacciono ancora sul territorio di una delle miniere.

Il potere del tempo

Gli Indios hanno lunghi capelli neri diritti, ali che scendono sulle spalle come torrenti inarrestabili, e Ksenija aveva lunghi capelli neri. Gli Indios, un tempo, non avevano paura di niente. Avevano una sapienza segreta, e anche Ksenija era senza paura e qualche cosa la sapeva.

Gli Indios riconoscevano la bontà a chilometri di distanza, potevano dire, per esempio, se c'era un uomo buono in un punto nel deserto lontanissimo da loro, un uomo che mai avrebbero potuto conoscere. Ksenija pensava spesso agli Indios.

Trascorreva la maggior parte della sua giornata nella metropolitana, alle stazioni Lev Tolstoj, Majdan Nezavisimosti, piazza Kontraktowa. Camminava lungo il marciapiedi, qualche volta saliva sui vagoni, proponendo ai passeggeri l'acquisto di piccoli oggetti. Pennarelli ed evidenziatori erano la merce che vendeva più volentieri. Aveva messo a punto dei piccoli discorsi convincenti per vendere di più.

Ne riporto qui di seguito uno, nella versione integrale:

«Ottimi evidenziatori doppiapunta. Evidenziano il concetto principale, una parola, o anche una sola lettera! Vi aiutano a concentrare la vostra attenzione sulle cose che contano. Pennarelli universali, li potete usare per firmare un documento o per disegnare sul metallo, o sul vetro. Strabilianti, miracolosi, colorati. Scrivono e disegnano. Comincerete a usarli e non potrete mai più farne a meno. Costano pochissimo, due soldi e sono vostri. Provatene anche solo uno e perderete la testa. Li vorrete di tutti i colori».

Ksenija era convinta che questo lavoro le si addicesse più di ogni altro. Tre o quattro volte la settimana si incontrava con il grossista che le dava in conto vendita penne, pennarelli, evidenziatori, scotch e bloc-notes. Si davano appuntamento al piccolo mercato vicino a Piazza Sebastopoli e i loro incontri si svolgevano nel silenzio più assoluto. Al grossista non piacevano le parole superflue.

Riceveva da Ksenija qualche centinaio di grivnie e le consegnava le ricariche di diversi colori avvolte nella carta o nella pellicola trasparente. La transazione, per la serietà e la laconicità dei suoi protagonisti, aveva tutta l'aria di essere illegale. Un testimone casuale, l'uomo del banchetto dei libri, li guardava con un'espressione di rimprovero e di sospetto. A Ksenija piaceva molto quello sguardo stupito, diffidente.

Si allontanava, mettendosi allegramente a tracolla la borsa con gli evidenziatori, i bloc-notes e le penne. Non era pesante. Le piaceva uscire da quel mercato e attraversare il mercato accanto, un mercato di strada, di venditori irregolari, dove le uova erano esposte sulla carta di giornale insieme ai polli spennati, c'era latte fresco in contenitori da un litro, la frutta era venduta al pezzo o a peso, ma sempre a prezzi accessibili. Due file di venditori che si lanciavano richiami da un capo all'altro. C'era sempre qualcuno che mandava un suo ambasciatore in cerca di soldi da cambiare. In tutto il mercato si sentiva il brusio delle contrattazioni.

Ksenija passava in rivista le file di merci, comprava qualche piccola cosa e poi andava verso la metropolitana. Negli ultimi tempi aveva pensato spesso al modo di intrufolarsi nella metropolitana attraverso un passaggio diverso dall'ingresso principale. Non le sembrava giusto pagare il biglietto perché non andava da nessuna parte, non copriva una distanza, e il più delle volte usciva da dove era entrata.

Se non scendeva nella metropolitana, se non vedeva i vagoni che si allontanavano nel tunnel scuro, la folla che si diradava e i passeggeri che si affrettavano verso l'uscita o verso il sottopassaggio per raggiungere altre stazioni, veniva presa dall'ansia.

Solo il rumore della metropolitana riusciva a placare la sua anima inquieta.

La metropolitana le dava la sensazione di essere accolta nel tepore di una casa, di essere difesa, amata. Non c'era niente nella sua vita che fosse peggio o meglio della metropolitana.

Le piacevano le stazioni dove bisognava scendere due scale mobili. Quelle discese erano bellissime. Le piaceva alzare due dita in segno di vittoria, come per dire "oggi ho il vento a favore". La facevano pensare alle immagini delle gare di sci, delle piste innevate che aveva visto sugli schermi digitali presenti nei vagoni.

Un giorno, una donna sul treno le lanciò uno sguardo severo, Ksenija scese subito e corse allo specchio della stazione perché il riflesso del suo viso prendesse su di sé la forza di quello sguardo. Le sembrava che le avessero lanciato una maledizione. E doveva essere proprio così perché non fece quasi in tempo a raggiungere lo specchio: il suo cuore cominciò a battere più lentamente e le parve che una immensa onda di tristezza stesse per inghiottirla.

Lo specchio, con finta indifferenza, rifletteva di sbieco il marciapiedi, era come se la invitasse a buttare un occhio nel buio del tunnel. Ksenija era in piedi il più vicino possibile alla linea gialla oltre la quale era vietato andare quando il treno si avvicinava, e guardava il suo viso riflesso. Le parve leggermente dilatato dalla curva dello specchio. Da lontano si sentiva arrivare il treno. Il vento le soffiò nella schiena, sembrava un uragano, ombre colorate e appiattite si riversavano verso le porte aperte del vagone. Con un colpo secco le porte si chiusero. E il treno di corsa passò accanto a Ksenija, un vagone dopo l'altro, portandosi via la maledizione e tutte le altre disgrazie che l'avevano colpita negli ultimi due anni.

Elena

Il 4 aprile 2017, Elena capì di non poter più parlare con la sua mamma. Prese la decisione sull'autobus da Marganec a Dnipro. Due volte alla settimana affrontava quel viaggio scomodo ed economicamente svantaggioso, perché viveva a Marganec, dove con il suo lavoro non riusciva a guadagnare abbastanza.

A Dnipro lavorava come aiutante del cuoco in un ristorante, secondo lei molto caro, dove la pagavano così generosamente che il costo del viaggio si ammortizzava e le restavano i soldi per comprarsi qualcosa di carino. Aveva anche cominciato a leggere riviste che insistevano nel raccomandare alle lettrici di imparare a viziarsi un po'. Elena sull'autobus rifletteva su come ci si potesse viziare un po'. Poteva per esempio andare in un istituto di bellezza a Dnipro, o comprarsi quel cappotto rosso e arancio che finora non si era nemmeno decisa a provare, oppure avrebbe potuto risparmiare piano piano e ristrutturare la sua casa a Marganec, o trasferirsi a

Dnipro. Ma quale trasferimento, se la sua mamma viveva a Marganec e non aveva nessuna intenzione di andarsene?

Elena ricominciò a pensare a sua mamma. Ebbe paura di non assomigliarle abbastanza. La mamma aveva lavorato nella fabbrica di nastri, la più grande d'Europa, la leggenda cittadina. «La nostra fabbrica produceva migliaia di nastri» diceva la mamma. Era molto brava a distinguerne ogni tipologia, sapeva riconoscere la differenza tra i nastri per le rifiniture e i nastri *moirés*. Conosceva ogni sfumatura di colore e a quale utilizzo erano destinati i diversi tipi di nastro. Fin da piccola Elena sognava di diventare come la mamma, anzi più di lei, magari tessitrice, cucitrice o designer di nastri. Che cosa c'era di meglio di un nastro? Un nastro così lungo che lo si poteva girare intorno a tutta la Terra. La Terra sarebbe stata come un pacchetto regalo e la si sarebbe potuta offrire in dono a qualcuno di più attento e premuroso.

Quando Elena si sedeva sull'autobus prendeva subito il piccolo telefonino nero e premeva i tasti a comporre il solito numero.

«Sì, mamma, sono sull'autobus, sì ho trovato posto, l'autobus non è in ritardo, l'autista è simpatico, non è ubriaco, anche gli altri passeggeri sono gentili. Sto bene.»

All'arrivo a Dnipro, Elena telefonava di nuovo alla mamma.

«Mamma, sono già a Dnipro, tutto bene, vado al lavoro, oggi farò tardi. Dobbiamo infornare delle torte per una festa di lusso. È venuto un tipo, spiritoso, elegante e le ha ordinate. Figurati che sopra dobbiamo scrivere frasi come "favola d'estate" "mio sogno", "mia bambina mia regina". A Dnipro ci sono persone che spendono, fanno regali, e che regali! Da noi non è così.»

Quando arrivava al lavoro doveva telefonare di nuovo alla mamma, o era la mamma che telefonava a lei.

«Ciao, mamma! Fa caldissimo al lavoro e c'è chiasso. Sì, perché non sono sola nel reparto. C'è un profumo di zucchero che ti piacerebbe molto. Sì, è venuto l'uomo delle torte, le ha ritirate, gliele ho consegnate io. Mi ha detto che sono come "un fiorellino tenero", o una cosa così, comunque parole molto belle. No, mamma, non penso a lui, no, non gli ho lasciato il numero di telefono. Mi comporto come mi hai insegnato. Penso solo al lavoro, ma mi ha fatto piacere. È perché ho una bella mamma che mi ha fatto i complimenti. Ti sono riuscita bene. Ciao, mamma. Tra poco torno a casa. Tra cinque ore.»

E così Elena telefonava continuamente alla mamma e cercava nella vita di somigliarle in tutto. Pensava a lei ed era sicura che non potesse esistere al mondo una donna migliore. Ma improvvisamente, proprio il 4 aprile 2017, Elena cominciò a pensare che non avrebbe più potuto telefonare così spesso a Marganec, non avrebbe più potuto ascoltare così spesso la voce della mamma. Le sembrava di amarla così tanto da non poter reggere una conversazione con lei. Anche la più corta delle telefonate sarebbe stata insostenibile.

Il nastrificio ormai era un luogo di rovine affascinanti, dove a loro due piaceva passeggiare insieme.

Nessuno in città era più in grado di produrre nastri. Avevano disimparato in fretta e solo la mamma di Elena ricordava il suo mestiere, riguardava i registri e i piani di produzione.

Elena non avrebbe potuto continuare il lavoro della mamma. Le persone lì intorno cambiavano in fretta. Le amiche più care della mamma, che una volta lavoravano nella fabbrica, adesso non volevano nemmeno sentirne parlare. Si erano trovate tutte un altro lavoro, o si erano trasferite da Marganec a Dnipro, o addirittura a Zaporož'e.

Elena sentiva che la terra le sfuggiva da sotto i piedi. Perché non riusciva più nemmeno a parlare come le aveva insegnato la mamma. Ogni nuova persona che incontrava le insegnava a parlare diversamente, a pronunciare la "g" dura, mentre alla mamma piaceva di più la "g" morbida, un po' aspirata, ucraina.

Quanto si poteva resistere? La vita vola via. Ogni nuova conoscenza occupa tutti i nostri pensieri e esclude dalla coscienza le persone che amiamo. Ogni nuovo giorno irride il precedente. E allora va bene, lasciamo che sia così!

Forse Elena era così devota alla sua mamma, e amava così tanto la sua città da non poter resistere alla semplice ma insostenibile realtà che la voce della sua mamma potesse essere dimenticata, bastava lasciare Marganec anche solo un giorno, e anche restando a Marganec non c'era più nessuno che avesse voglia di ricordi.

Anche il suo nome, molto più bello di lei che lo portava, a detta sua, apparteneva alla mamma. La mamma e le sue amiche chiamavano così il nastro blu scuro che era entrato nella produzione al principio degli anni Ottanta.

Per colpa di tutti questi pensieri, Elena non riusciva più a fare tutto come prima. La sua capacità di sopportazione si era spezzata. Il 4 aprile del 2017 aveva buttato il telefono in una fontana, aveva passato la notte nel locale dietro la cucina del ristorante, e il giorno dopo aveva chiesto di poter lavorare sette giorni su sette. Si era proposta senza fare richieste economiche, ma loro le avevano subito offerto un ottimo stipendio; era pronta ad andare a dormire alla stazione, ma loro le avevano dato gratuitamente, per il primo mese, un appartamento che si era appena liberato, di proprietà del contabile.

Così Elena andò a vivere a Dnipro.

Crac

Il tempo nel nostro caffè passa senza farsi notare, al ritmo della musica. Avrei voglia di non rendermi conto affatto di come scorre la vita. Non accorgermi del tempo, anche se sembra un'assurdità. Eppure, ho appena finito di dire che procede senza farsi notare, come la prima neve che cade di notte. Il tempo scorre furtivamente.

Io non avverto lui, lui non sa niente di me. Esistiamo in spazi diversi, lui tra i quadranti e le lancette, io completamente libera da obblighi nei suoi confronti.

Non c'è nessun lavoro che io abbia completato in tempo. Non c'è nessuna mansione adempiuta che io possa a cuor leggero definire conclusa, non un ricordo che mi stia davanti chiaro, preciso.

Ho imparato a liberarmi dalle preoccupazioni.

Con alcuni esercizi specifici, selezionati con cura, mi sono liberata anche della memoria.

Mi sembra che gli orologi sulla parete non ricordino niente, che il tempo sia una invenzione priva di senso di quei chiacchieroni che vogliono sempre organizzare la vita propria e altrui.

Quanti anni ho? Non lo so.

Come descrivere la realtà che mi circonda? Non ho le cognizioni per farlo.

Ma ho voglia di parlare. Non so ancora di che cosa o come, ma vorrei farlo. Pronunciare parole, come se ogni parola, presa separatamente, fosse sostanziale, significativa. I miei fedeli cavalieri sono parole nel vuoto, parole che non si appoggiano a nessun fatto mai accaduto, parole private della storia.

Mi piace la forma della parola, è arrotondata, come un bicchiere vuoto, un recipiente senza funzione.

Mi piace il suono della parola, il corridoio nel quale con un boato si slanciano le altre parole, la cui origine affonda nei bui abissi del mare.

Ecco, è apparso il viso rotondo, con le orecchie sporgenti, di un nuovo amico. Chiede un bicchierino di vodka e limone. Ha schioccato le labbra flosce, se le è leccate in fretta, lasciando una striscia bagnata sulla pelle pallida, tagliata dalle rughe, e ha fissato il banco lucido del bar.

Si farà giorno, e sarà la malinconia a regalarmi un sorriso.

Così mi ha detto uno che conoscevo, e perché non dovrei ricordarmi di lui, adesso? Adesso che il giorno passa senza essere cominciato, finisce senza pensare di dover generare un avvenimento?

Lo conoscevo, ed era in un certo senso perfino un

mio amico, ci vedevamo spesso, andavo da lui dopo la scuola. I suoi genitori non c'erano quasi mai e io mi distendevo sul divano appoggiando i piedi sul tappeto che abbelliva, anzi, proteggeva la parete, e imparavo a contornare con lo sguardo il disegno arboreo. I petali geometrici che si schiudevano, le circonferenze con il nucleo scuro mi distoglievano dai pensieri tristi, dalla poca voglia di passare la notte a casa del mio amico, ma anche dall'odio furioso verso la mia famiglia e la mia casa, dove non volevo ritornare.

Lo sguardo dell'avventore adesso si è spostato sulla parete divisoria, cerca, sul rivestimento luccicante del banco, la propria immagine riflessa. Io cerco me stessa e il mio futuro nelle ombre proiettate dai tavoli e dalle sedie di legno scostate dai clienti.

Una mano forte, autoritaria, passa rapida davanti ai miei occhi e si installa nel rettangolo della mia visuale. Il proprietario del caffè ha contato gli incassi e si è riempito le tasche di banconote gualcite, metà del contenuto della cassa, poi mormora qualcosa di indecifrabile e si dilegua.

L'aria, compressa, del tutto estranea, indifferente, impregnata crolla e rovina su di me. Per un attimo non respiro, sento la testa girare, ma riesco a dominarmi.

Oggi, io, come molti altri, mi trovo dove mi trovo, vedo davanti a me cose semplici che devo fare e sono pronta a farle, anche se la voglia di ozio e la mia sofisticata e sviluppata capacità di inerzia possono uccidermi in qualsiasi momento, possono privarmi perfino di quel poco che sono riuscita a prendere dalla vita.

L'avventore è immobile. Lo rattrista il pensiero che la sua imperturbabilità possa sembrare il risultato di un grande dolore. Ma è anche possibile che non provi niente, che si sia trasformato in una roccia, nell'usciere che protegge la sera di questo mio giorno. Se è così, gli permetto di lanciarsi con un grido ferino su un altro avventore, sospinto nel nostro caffè dal vento o dalla pioggia.

Non sfiora la vodka che amichevolmente gli ho messo accanto all'incavo del gomito. Mi era sembrato di aver calcolato con precisione le forze che gli sarebbero servite per toccare il bicchiere e per svuotarlo.

Rose selvatiche, rose rosse dovrebbero sbocciare in questo caffè, così che tutti gli alcolisti che volessero tornare in sé potrebbero pungersi il palmo con le spine e guardare senza provare dolore le goccioline di sangue che scivolano lungo le linee della vita.

Ma noi abbiamo soltanto dei ficus moribondi, i cui rami sempre più esili si protendono in un addio ai paralumi di latta, che fanno da schermo a lampadine fosche.

Il nostro caffè era stato studiato per diventare in breve tempo un locale di striptease, uno dei più economici in città. L'ingresso non sarebbe stato libero, sarebbe stato riservato solo ad autisti di taxi arricchiti, guidatori di lunghi camion articolati, giornalisti e impiegati che avrebbero avuto l'onore di potersi definire nostri frequentatori abituali, prediletti e stimatissimi.

Ma l'epoca dei club di striptease nel nostro quartiere si è conclusa sul nascere. Un tale, un Tutore

dell'Ordine, mai completamente sobrio ma influentissimo servitore della legge, la settimana scorsa è venuto da noi e ha avvisato il proprietario di inseguire altri sogni, perché la nostra è una strada di persone rispettabili, le cui famiglie ignorano che, nella nostra città, se c'è un'attività notturna in grado di guadagnarsi da vivere, e non solo di sopravvivere, quella è un club di striptease.

Perché, non è forse così? Adesso dovremo restare per sempre ciò che, dopo mille ristrutturazioni e riprogettazioni, siamo diventati: un chiosco a malapena riscaldabile che commercia in bevande alcoliche adulterate.

Indecisa

La Prorizna, il Taglio, è una strada che mi ha sempre fatto paura, da tutta la vita. C'era una scuola, dove andava una mia amica da piccolina. Molti anni fa, nel cortile di questa scuola, un bambino ossuto con la faccia tonda le ha dato un pugno nella pancia. Non se ne è accorto nessuno. Erano loro due: lei e lui. L'ha guardata negli occhi, le voleva dire qualcosa, ma poi ci ha ripensato. Il pugno le ha fatto male, ma non molto. Un dolore medio. Lei ha deciso che non ci avrebbe più pensato, che non si sarebbe vendicata, e che si sarebbe dimenticata il nome di quel bambino. E le cose sono andate quasi così. Però non è riuscita a togliersi il pugno dalla testa. Qualche volta ci ripensa, si ricorda la sensazione piacevole del tempo che rallenta e permette alla mente di seguire l'allontanarsi del dolore, fino alla sua scomparsa. In ogni caso, preferisce evitare quella strada, senza una ragione particolare, certamente non per il pugno. Tanto più che esistono altri mezzi per salire dal Chreščatik fino alla Vladimirskaja e alla Zoloti Vorota.

Anch'io ne sono convinta: la Prorizna è una via poco sicura. A tutti possono capitare cose spiacevoli sulla Prorizna. La Prorizna taglia in due il colle della città, attraversa il percorso da Zoloti Vorota giù fino al Kreščatik, dove per nessuno può esserci pace, mai, né di giorno né di notte, né di sera né di mattina.

Ma il caso, per quanto io mi sia sempre opposta, mi ha portato qui, sulla Prorizna. Cercavo, come al solito, qualcosa di cui potermi occupare, perché, di nuovo, non avevo idea di cosa fare nella vita. Le attività possibili sono tante: aiutare le persone a essere più sazie, o più belle, o anche più felici. Si può anche vivere senza ideali, più modestamente, occupandosi di sé e dei propri cari. Oggi cerco di far rientrare nella mia professione queste varianti.

Dopo molti dubbi e ricerche, adesso sono una modesta ma scrupolosa custode e commessa: lavoro al negozio delle pietre. O meglio, vorrei lavorare al negozio delle pietre. Per ora, sono in prova. Si tratta di pietre semipreziose. La scelta che proponiamo è ampia e di tutto rispetto. Ci sono, per esempio, più di trenta sottospecie di malachite. L'ambra può essere di qualsiasi tipo, perfino marroncina come una rosa rinsecchita.

In realtà, le nostre pietre non le compra quasi nessuno. C'è il negozio, e i clienti entrano, ma entrano soprattutto per parlare delle loro disgrazie, di quello che li preoccupa o li agita, e non per comprare le pietre.

Il proprietario è un genio! Anche in queste condizioni riesce a guadagnare. E non dà mai a vedere la sua delusione. Il negozio resta senza clienti per giorni interi e lui si strofina le mani, contento. Ha una mente scacchistica. Io imparo da lui ogni giorno, ogni minuto. Credetemi, è una persona di un livello molto più alto rispetto a un normale venditore. Ha raggiunto la straordinaria condizione della completa indifferenza a qualsiasi cosa. Il mondo, retto da particolari essenze, bilancieri energetici che si bevono in un sorso l'energia degli stolti, non può sottomettere alle sue regole un uomo come lui, e ogni volta che ci prova deve arretrare, altrimenti andrebbe a frantumarsi come contro uno scoglio.

Oggi è entrata nel negozio una donna bionda, voleva vedere da vicino gli opali esposti in vetrina.

La riconosco! È un'esponente della nostra intellighenzia cittadina. Lavorava nell'ufficio contabile del Teatro dell'Opera. Poi, in dieci anni, si è fatta un nome e un patrimonio pulendo gli appartamenti dei funzionari dell'Ambasciata francese. Ha conoscenze in Europa. Da anni si sta costruendo una villa vicino a Kiev, con due camini. Ormai è quasi pronta.

E adesso, quella stessa donna affina il suo gusto e il suo senso della forma e del colore osservando le pietre del nostro negozio!

Ma no, c'è qualcosa che la preoccupa. Qualcosa la perseguita e non le dà tregua: mi chiede più di una volta dov'è il proprietario e se passerà più tardi a controllare la contabilità. Il proprietario qualche volta riceve i clienti nel suo ufficio, ma oggi non è a Kiev e non posso garantirle che arriverà. D'un tratto il suo viso è molto vicino al mio, si copre le labbra rugose con la mano e sussurra: «Una pietra della civiltà Trypillia. Mi ha promesso una pietra Trypillia. Forse l'ha nascosta da qualche parte. Lei non sa dove?».

Non posso aiutarla, lei sospira e mi mette a parte della sua sventura. Pare che il suo unico figlio sia di una bellezza straordinaria e che a quarant'anni ne dimostri venticinque. Ha i capelli scuri, da lontano il suo portamento fa pensare a quello di un uomo politico, da vicino somiglia all'eroe di un'antica leggenda, di un canto epico, e – perfino in questi nostri tempi difficili – sa conservare l'innocenza di un lattante. Peccato che il mondo qualche volta si dimostri spietato anche nei confronti di queste persone. Il figlio è finito in cattive mani e adesso la mia interlocutrice, dopo aver provato con qualsiasi altro mezzo, si è decisa all'estremo rimedio: uccidere la fidanzata.

Per lei, che è credente, è stato difficile prendere una simile decisione, ma per il bene del figlio ha dovuto stringere i denti e spingersi a quel passo, per quanto ignobile possa risultare agli occhi di un estraneo. Come poteva andare avanti a sopportare? A sopportare la volgarità, la mancanza di gusto, la trascuratezza e i chili in più della fidanzata? C'è di peggio: la fidanzata è sempre stata, e lo è tuttora, una malata. Non ha salute. Ovunque vada ha sempre con sé un'intera borsa di medicinali e inghiotte sfacciatamente le compresse a manciate, davanti a tutti, si versa direttamente in bocca un cucchiaio da tavola pieno di pillole, e non beve nemmeno dell'acqua per mandarle giù.

Per morire, doveva essere esposta agli influssi di una pietra della civiltà Trypillia caricata. Però doveva anche trovarsi in una speciale condizione di spirito, in uno stato d'animo che si potrebbe definire "antico". Il proprietario della nostra bottega aveva avuto pena delle sventure di questa raffinata intellettuale, e le aveva tenuto in serbo la pietruzza. La si deve portare a casa tenendola sul seno, sotto il vestito, con cautela, perché non si rovini e non agisca nella direzione sbagliata.

Ma il proprietario oggi non è qui. Non ha lasciato la pietra in consegna a nessuno, e io non mi decido a telefonargli.

Non so come aiutare la donna che ora si lancia da un capo all'altro del bancone, come un uccello ferito. Alla fine trovo qualche calda parola di consolazione, e lei sorride. È strano, ma spesso riesco a consolare e a rallegrare le persone. Una brava psicologa, mi ha definita una volta una cliente, ed è proprio così. Sono capace di trovare al momento giusto le parole necessarie, le so pronunciare piano, con voce suadente, e le persone sono di nuovo felici, sorridono, pronte a correre verso la gioiosa realizzazione dei loro sogni e desideri nascosti. L'importante è capire in tempo quali sono le nostre capacità innate, e svilupparle. Ma io non riuscirò mai a decidere chi vorrò essere in futuro. Si possono fare tante cose nella vita, raggiungere vette altissime e andare sempre avanti, oppure si può continuare a essere indecisi, come lo sono io, per anni. Temo che sia proprio questo il mio triste destino. L'importante è non avere paura e agire. Ma come si può agire se non si sa che direzione prendere e da che parte incominciare?

Le stelle

I giorni si trascinano privi di senso. Da noi ad A., è tutto molto tranquillo, nessuno spara a nessuno. Nessuno pretende spiegazioni su cose irrisorie. I posti di blocco non sono attivi come a V., noi possiamo passare tranquillamente, soprattutto se siamo su un *maršrutnye taksi* o su un taxi normale.

Io mi oriento poco nella città dove ho vissuto tutta la vita.

Non capisco chi siano le persone che considero amiche e con le quali mi vedo tutti i giovedì per giocare a carte, scommettendo monetine di rame e divorando caramelle e biscotti. Mi spaventa la stabilità, più di ogni altra cosa.

Una tranquillità, un silenzio o un fluttuante – sarà il termine giusto? – pantano. Una palude. Ecco, sì, una palude. Intorno non c'è un'anima. Io cerco mio marito nel bosco, in mezzo all'acqua, con l'acqua alle ginocchia. È successo a me? Oppure non è mai avvenuto niente di tutto questo? Voi riderete, ma questa cosa non è capitata a me, ma alla mia vicina. Finisco sempre con il mettermi al suo posto quando racconto la sua storia. Però non dite che sono pazza. Sogno spesso di essere nei pressi di un'area boschiva, tutto intorno la terra è sporca di sangue, c'è un carro ingombro di corpi. Ci stanno sparando. È una descrizione che deve arrivare da un manuale di storia. Non mi resta che salire sul carro senza farmi vedere, nascondermi sotto i corpi, imbrattarmi la faccia di sangue e fingere di essere morta.

Questo episodio è successo, invece, veramente, e non in sogno, ma nella realtà. Un anno fa la mia vicina cercava il marito che era stato fatto prigioniero e poi era stato rilasciato. L'ha cercato per molti giorni di seguito e, alla fine, lo ha trovato nel bosco! Non l'ha trovato subito, prima lo ha cercato nelle frazioni vicine, in città, dai parenti. Infine, ha cominciato a camminare per il bosco chiamandolo, finché lui non ha risposto. Il bosco è il posto giusto dove gridare il nome di qualcuno, e si può anche strillare, e piangere.

Tenendosi per mano hanno attraversato il nostro immenso bosco. Quando ripenso al racconto della vicina, il bosco mi sembra impenetrabile, gigantesco. I tronchi svettavano su di loro come alberi di un veliero. Sergej, il marito, le camminava accanto. Avanzavano leggeri, come sul velluto, come se avessero piume ai piedi, o un rivestimento di pelliccia. Lei mi ha detto che, nel bosco, il muschio era stato in grado di capirli: si era steso davanti a loro, arrendevole, un tappeto, un cuscinetto sotto ogni passo, e loro erano riusciti ad avanzare morbidi e silenziosi, senza che nessuno li sentisse. Avevano trovato un sentiero che dopo tre ore li aveva immessi sulla strada battuta, e da lì la nostra città era a portata di mano. È vero, era notte, ma avevano imparato a vedere al buio. Faceva freddo, ma avevano imparato a non congelare.

L'ho imparato anche io, e la mia mano si è fatta bollente. Un mio amico passava di lì in bicicletta e li aveva visti sulla strada, ma non si era fermato. Molti dicono che la cosa più importante per noi è la pace. Ma io vi dico: la pace non ha senso. Il senso sta in qualcosa d'altro. Non so in che cosa, ma non nella pace.

Finché c'era la guerra, io ero tranquilla. Perché vivevo passando da un bombardamento all'altro. Non vivevo nemmeno alla giornata, ma all'ora, al minuto. Avevo i miei amici accanto. Qualsiasi cosa dicessero, i loro discorsi avevano perso d'importanza. Nelle ore e nei giorni difficili, le loro parole non si potevano nemmeno ascoltare perché non appena venivano pronunciate diventavano un oggetto, qualcosa di concreto, con una forma piuttosto che un significato. Riparandosi dove poteva, sotto la pioggia, una mia vicina vestita di azzurro correva verso il portone per portare in salvo la sua gallina. La gallina si chiamava Vika: si era salvata, da vincitrice, era diventata Victoria. Anche la vicina si è salvata. La gallina qualche volta si nascondeva nel nostro seminterrato. Si avvicinava a molti di noi e non aveva più paura delle persone. Un giorno, la vicina ci ha detto che non riusciva più a stare nel seminterrato, a pensare a quel che poteva succedere di sopra, nella loro casa, alla stupida Vika. Abbiamo riso della vicina, della sua incapacità di resistere. Lei ci ha mostrato la pagina del giornale «Novosti našego goroda», Notizie dalla nostra città, con l'oroscopo giorno per giorno. Alcuni segni zodiacali ricevevano suggerimenti ora per ora.

I Pesci potevano contare sulla fortuna e sentirsi sicuri dalle tre alle cinque di quel pomeriggio. La vicina era un Pesce purissimo, senza intromissioni di altri segni, quindi poteva uscire dallo scantinato per salire in casa e, anche se si fossero sentite delle esplosioni, non l'avrebbero colpita.

Il Pesce e Victoria adesso sedevano vicine e insieme non si annoiavano. Quel giorno, con mio grande stupore, ho sentito dire – e ho creduto a quelle voci – che a farci la guerra era il Canada, per colpa di alcuni giacimenti di un nuovo prezioso tipo di carbone. C'era, tra noi, chi si era convinto di questo già da tempo. Eravamo seduti nel seminterrato e pensavamo all'aggressione canadese, a come gli altri paesi possono essere avidi, vendicativi e senza cuore. «Ci bombarda il Canada», queste parole sussurrate correvano avanti e indietro per per lo scantinato, e avevano un effetto inspiegabilmente consolatorio.

Ci siamo messi tutti a leggere l'oroscopo. Lo Scorpione il giorno successivo non avrebbe corso alcun rischio da mezzogiorno fin quasi a sera. Così sono uscita per la mia prima passeggiata. Ho girato per la città che mandava fumo e chiarore, le strade si erano svuotate, le finestre erano senza vetri, sembrava che la terra tremasse un po', ma c'erano degli alberelli che si chinavano fin giù, sotto il peso delle foglie. Non c'era mai stata una simile quiete, da noi.

Vicino alla discarica, mi è venuto incontro un ubriacone, un alcolista che conoscevo da tanto. Era perfettamente sobrio. Come me, si era fermato e si guardava intorno, meravigliato. Era anche lui dello Scorpione. D'istinto si era sentito sicuro e era stato attirato in superficie. Sono tornata senza incidenti nel seminterrato. Ci siamo messi tutti a fare i nostri calcoli per uscire e andare in città nelle ore sicure, e non ci è successo niente, niente di speciale, niente di terribile, capitavamo sempre negli intervalli tra un'esplosione e l'altra.

In questi giorni, leggo ancora l'oroscopo. Oggi, tra le sei e le nove, mi si raccomanda di «isolarmi, di chiudermi in me stessa, è il momento giusto per la riflessione ed è meglio trascorrerlo in casa». C'è sempre un'allusione a un pericolo. Ma al tempo dei bombardamenti, ci si creda o no, con queste raccomandazioni indirette, l'oroscopo ci ha mostrato il rischio che correvano davvero le nostre vite.

Da molto non si sentono esplosioni, ma l'oroscopo continua con le sue frasi, le formule non sono cambiate, ma noi abbiamo smesso di interpretarle.

Prima le stelle erano dalla nostra parte, si può dire che lavoravano a nostro favore, adesso è come se qualcosa si fosse interrotto. Il cielo è diventato capriccioso. Il tempo ha voltato le spalle alla nostra città. Non succede più niente.

Trasformazioni

Ci siamo viste a Slov'jansk, era venuta per qualche giorno «a inspirare aria fresca», si è espressa così.

A Kiev, nella settimana delle feste di maggio, le mancava l'aria.

In quei giorni, Kiev si svuota. Diventa una città vuota: esci la mattina sul tardi e in strada non c'è nessuno. Il sole sbianca gli alberi. Solo i contorni sono visibili. Le case si distinguono appena le une dalle altre. «Al sole, non riesco a vedere bene. L'alba, quando sorge il sole, mi fa paura. All'alba, si contrae tutto nella pancia, e io mi sveglio.»

Si chiamava Ol'ga, ma gli amici la chiamavano Ol'ga Petrovna perché a lei piaceva tanto di più. Diceva che nel patronimico si avverte il senso del rispetto, il nome da solo è come se stesse in disparte, non si impone. «Fin da quando ero piccola, non mi piaceva che mi chiamassero per nome, perché pensavo che "chiamare per nome" volesse dire chiamare il nome di qualcuno: "Nastja, vieni qui! Ljud, vai alla lavagna!" Questi richiami che si accumulano, a poco a poco, suscitano risentimento.

Con il patronimico, invece, non sei sola, hai qualcuno alle spalle, che ti sostiene, che tifa per te.

Non mi piace il nome proprio da solo, senza patronimico e senza cognome. E non sopporto una città vuota. Una città vuota è una violazione del normale ordine delle cose, un attentato alla tua vita, uno scherno, un'allusione a una calamità naturale, e un'allusione è sempre inopportuna.

È come se dal vuoto potesse improvvisamente sbucare una creatura orribile, inverosimile. Capace di ragionare, ma non umana, coperta di pelliccia, con unghie affilate come lama di coltello, armata di una risata barbarica. Spalancherà la sua boccaccia e si metterà a ridere, non come una persona sola, ma come una enorme banda di ubriachi: crudele, indemoniata, una serpentina di sbeffeggiamenti femminili e provocazioni maschili.

Kiev si è vuotata all'improvviso. Nella via Kozatska, dove abito in affitto, la popolazione si era estinta, sono uscita il primo maggio per andare a comprare il latte e in strada non c'era nessuno, i negozi erano chiusi, mancava solo che le finestre fossero sbarrate, con il compensato al posto dei vetri.»

Ol'ga Petrovna a Kiev non abitava da sola. Affittava un angolo in un appartamento di tre stanze dove abitava anche il proprietario. Nella sua stanza abitavano con lei i suoi ex vicini di casa di quando viveva in un paesino detto Veselaja Gora, l'Allegra montagna.

«Non vivo sola, affitto un angolo, per così dire. In camera siamo tre, ma in realtà due perché Oleg Nikolaevič e Anna Sergeevna sono marito e moglie. Loro sono partiti già l'altro ieri e mi hanno lasciata sola.

E a me, temo, non mi si deve assolutamente lasciare sola. Se resto sola comincio a vedere quello che gli altri non vedono, a sentire quello che gli altri non sentono. Faccio cose magiche, impossibili.

Che ci si creda o no, l'altro ieri, per esempio, ho trasformato un pentolino di pappa di grano saraceno in un fiore, l'ho trasformato in pieno giorno in un'ortensia.

Il pentolino con dentro la *grečka* era sulla piastra del fornello, perché Oleg Nikolaevič, e soprattutto Anna Sergeevna, non avevano pensato di lavarlo, nonostante fosse la loro *grečka* e nonostante stessero per partire per non meno di una settimana. Il pentolino era sul fornello e non dava fastidio a nessuno, anzi era perfino decorato con una ghirlandina di Capodanno. Mi sono alzata la mattina, ho bevuto una tazzina di caffè, come faccio sempre quando mi sveglio, sono andata a lavorare, ho fatto le pulizie da tutti i vicini del nostro stabile, ho fatto le pulizie anche in due uffici nel palazzo di fronte, sono tornata a casa, ma erano solo le tre. C'era ancora un tempo infinito prima di sera, e mi è venuta la voglia di compiere una trasformazione. Anche prima mi dilettavo di magia, ma sono migliorata grazie agli insegnamenti del guaritore del battaglione acquartierato vicino alla nostra Veselaja Gora.

Quante ne ho fatte l'altra sera, nella nostra stanza! Ho trasformato un cucchiaio da tavola in un uovo di Pasqua di legno. Poi un cucchiaino piccolo, che piaceva tantissimo a tutti e tre, l'ho preso e l'ho trasformato in un nastro di seta blu. E anche questa magia non mi è bastata.

Ho preso una cartolina che ci avevano mandato dal paese come augurio per l'8 marzo e l'ho trasformata in tre fiammiferi. Alla fine mi facevano male gli occhi!

Qualche volta guardi l'oggetto prima della trasformazione, sta davanti a te, così com'è, carino, a posto, poi gli fai un incantesimo, non fai in tempo a capire come, e davanti ai tuoi occhi c'è un'altra cosa. Queste trasformazioni fanno male soprattutto alla vista. Anche il cuore qualche volta si intorpidisce. Senti nel petto qualcosa che si ferma, non respiri, guardi quel che hai di fronte, vedi il tuo mondo che cambia, trattieni il respiro.

Avevamo una teiera. Una normale teiera, come se ne vedono in molte case, bianca con cerchiolini arancio, l'hanno in tanti, ne avevamo una anche noi. Ad Anna Sergeevna la teiera faceva paura, le incuteva un inspiegabile, sacro terrore. Io la consideravo come un oggetto qualsiasi e Oleg Nikolaevič l'adorava, e non la voleva cambiare per nessuna ragione. La teiera era arrivata con noi dalla nostra Veselaja Gora, e questa era una cosa positiva, se non che, riempita di acqua bollente o di tè, al momento di servire noi stessi o i nostri ospiti, dal beccuccio faceva uscire sempre uno zampillo che bagnava la tovaglia, il pavimento o il tavolo. Vicino alla teiera si formavano sempre piccole pozzanghere. Allora bisognava inclinarla in un certo modo, sostenerle il fianco, piano piano e con rispetto, tenerla alta, e così facendo si rovesciava meno acqua... lei mi capisce. E io questa teiera, nella sciagurata sera dell'altro ieri, l'ho trasformata in un ventaglio. È successo senza che volessi. Uscivo dal bagno, ancora sconvolta per quel che era successo ai cucchiai, ed ecco che davanti agli occhi mi si presenta la teiera, viene verso di me e mi lancia una sfida, come se volesse dirmi: non riuscirai a trasformarmi in niente, non hai la spina dorsale per farlo, e nemmeno i requisiti.

Non mi piace che mi si offenda senza motivo. E chi, in questo mondo, sopporta una umiliazione ingiustificata, anche se di poco conto? Mi sono arrabbiata e, di slancio, con un balzo, l'ho fatta diventare un ventaglio. Della teiera è rimasto solo il manico. Il ventaglio è venuto fuori con un manico da teiera.»

Ol'ga Petrovna ha guardato con occhi tristi la tazza del caffè che aveva in mano in quel momento.

Mi ha spiegato che a Slov'jansk avrebbe cercato riposo per la sua anima, dopo le brutte avventure di Kiev, e che si sarebbe preparata a tornare in una città completamente diversa da quella da cui era partita qualche giorno prima.

Aveva lasciato una Kiev vuota e sarebbe tornata in una Kiev ripopolata, dopo la settimana festiva, così piena di persone diverse, di odori, di avvenimenti da incutere timore. Doveva riconoscere con amarezza che forse, in mezzo a tutta quella gente e alle cose che succedevano, lei non avrebbe trovato posto.

Dalla sua Veselaja Gora, dove aveva vissuto tutta la vita, nel 2014 si era trasferita ad Artemivsk, a Kharkiv, e da lì, molto recentemente, a Kiev. Dopo così tanti trasferimenti aveva deciso di verificare almeno una volta alla settimana se poteva restare oppure no. Usciva, percorreva la via dove abitava fino alla svolta per la Vasil'kovskaja, e tornava indietro. Se non riconosceva nessun segnale che le suggeriva di lasciare Kiev, allora rimaneva per un'altra settimana.

Ol'ga Petrovna era molto seria. Vi chiedo di non considerarla la matta della città. Non escludo che possieda davvero la rara capacità di trasformare alcune cose in altre, di cambiare la forma degli oggetti. Avrebbe voluto trasformare per me un tovagliolo in un omino, ma poiché il cameriere non ci toglieva gli occhi di dosso, ha deciso di non farlo.

Lillà

Un rombo di tuono è esploso sulla mia testa e su quella della mia interlocutrice. Ma non c'era traccia di pioggia. Erano solo i primi accordi di una canzone che non avevo mai sentito. Dopo il primo rullio si è riversata dagli altoparlanti appesi in strada. Due scatole nere allungate, ricoperte di tessuto muschioso, bocche di radio da cui uscivano le voci di civiltà diverse, canzoni sovietiche, russe, americane.

Eravamo sulla Prospettiva già Karl Marx a Dnipro. La mia conoscenza con Andreja era recente ma avevamo capito subito che non sarebbe stato facile tra noi. Questa volta ero andata io da lei. L'avevo persa di vista, poi, la settimana prima, era arrivata una telefonata, ma adesso lei continuava a parlare di tutto tranne dell'argomento per cui mi aveva chiamata.

Al telefono mi aveva detto di sapere una cosa importante sulla guerra, e cioè qual era la prima vera causa che l'aveva provocata, ma quando ci siamo viste ha cominciato a comportarsi come se si fosse dimenticata di quello che mi aveva detto.

Davanti a noi si apriva la vista della Prospettiva, larga e sconosciuta. Alla nostra destra mulinavano le giostre con i seggiolini di plastica colorata che volavano in aria accompagnati da un rullo di tamburi. Il meccanismo del vortice alzava e faceva girare in cerchio i corpi morbidi e arrendevoli dei bambini. I bambini ridevano.

Mi chiedevo se quell'incontro e quella attesa sarebbero valsi la pena del mio viaggio. Quando ero con Andreja mi sforzavo spesso di capire che cosa sarebbe successo se io fossi stata un'altra persona, se invece di viaggiare da una città all'altra con un elenco di domande, fossi stata quel genere di professionista modello, l'esempio di voce impostata che illustra un argomento. Ma la mia immaginazione mi portava in uno spazio vuoto, dove non c'era niente, nessun punto di appoggio. Sempre più spesso durante un'intervista, chiedevo a me stessa: Dove si trova l'ascoltatore? Che persona è? Sembra che l'ascoltatore non ascolti. Il suo udito si affievolisce; le sensazioni di orrore, speranza, vuoto si alternano in lui e si sente stringere la gola dalla paura di scoprire che è ormai impossibile raccontare qualsiasi cosa.

Non riuscivo a concentrarmi, invece Andreja continuava a parlare, aveva deciso che era il momento di fare ragionamenti pieni di pathos sull'Ucraina, ha cominciato con dichiarazioni d'amore sparse, era innamorata del carattere ucraino, ma l'Ucraina è «il paese dei grandi fenomeni inutilizzati», come a dire che tutto quello che è importante, significativo, vivo, lascia l'Ucraina. Rimane solo un sedimento, esseri angosciati, inquieti, non richiesti da nessuna parte, abbandonati da tutto il resto del mondo. Continuava a indicare se stessa. «Io sono una microcreatura», diceva.

«Solo le particelle più piccole possono sopravvivere in Ucraina, un paese che lascia ai suoi abitanti un margine molto ristretto di manovra, perché è impegnata in una gigantesca finzione e in un gioco ad alto rischio. La aspirazione alla libertà non è che una imitazione collettiva. Il Majdan, la Rivoluzione Arancione, la Rivoluzione della Dignità sono stati spettacoli recitati con abilità. Non sono stati nemmeno autentiche proteste, figuriamoci delle rivoluzioni. Erano illusioni, sogni di persone ormai stanche. Stanche dell'Europa, dell'Ucraina, del ricordo dell'Unione Sovietica, stanche al solo pensiero della vita magra e invisibile che bisogna vivere in mezzo a mondi pronti a inghiottirti. L'impronta lasciata dalla falce e dal martello sul muro, quella» mi ha spiegato «è la nostra vera bandiera. Non quella gialla e azzurra, ma un vessillo bianco, vuoto, dove si riesca a distinguere soltanto l'ombra della falce e del martello, delle spighe, legate con un nastro rosso, oppure lo spartiacque tra il giallo e l'azzurro, una linea sottile, appena distinguibile.

Le fabbriche, l'industrializzazione sono costate la vita ai genitori dei miei genitori. Ma adesso di quella industrializzazione non è rimasta traccia. Non sappiamo dove andare a lavorare, ma è stupido e inutile sospirare, se non siamo più capaci di lavorare come si lavorava prima.»

Capire Andreja è impossibile: asserisce qualcosa, corre da un'idea all'altra, pretende che io scriva tutto, documenti, e dopo un minuto comincia ad agitarsi e a guardare da tutte le parti e mi chiede di cancellare questa o quell'altra frase.

«C'è sempre qualcuno che controlla quello che dico. I miei genitori venivano seguiti, anche se con un occhio solo, perché venivano considerati dei loro, erano operai. E loro erano molto ingenui, ascoltavano per ore radio proibite e pensavano di conoscere quel mondo come le loro tasche. Nei confronti di persone come lei, io sono completamente indifesa. Lei potrebbe lavorare per i servizi segreti, potrebbe essere un agente del nemico e comunque potremmo essere seguite e le mie parole, oh! Come potrebbero essere mal recepite!»

Con un'espressione di spavento molto teatrale si guardava attorno e io stupidamente ho subito sentito il bisogno di giustificarmi o di spiegare ad Andreja da *quale parte* stavo.

Perché era vero; Andreja, come se stesse facendo un gioco da bambini, mi aveva chiesto più di una volta: «Ma lei, da quale parte sta? Ci sono molte parti, ne scelga una, quella che vuole. La Russia è in guerra con l'Ucraina. L'Ucraina è in guerra con un nemico interno, noi siamo in guerra con chi non ci capisce, anche l'Europa, a quanto dicono, sta facendo una guerra da queste parti».

Se la storia di questo incontro entrerà a fare parte

del mio libro, sarà la più complicata, quella di cui si potrà dire: «È la più brutta».

Perché anche l'ultimo granello di sabbia, l'ultimo spillo, la grondaia, le giostre sulla Prospettiva, tutti avevano capito meglio di me quello che stava succedendo, in quella giornata senza senso.

Andreja mi ha chiesto di non parlare per nessun motivo del suo aspetto, di fare di tutto perché fosse impossibile riconoscerla, così le sarebbe stato più facile parlare con me senza la diffidenza che avrebbe dimostrato verso chiunque altro.

Non era la prima persona che mi faceva quella richiesta, ma in quel momento ho avuto l'impressione che Andreja si nascondesse agli sguardi estranei per un eccesso di modestia. Aveva preso l'abitudine di dire: «Io non conto niente, potrei contare qualcosa? Le persone come me vivono un'esistenza anonima e sfioriscono come i fiori di lillà». Diceva che si paragonava a un fiore di lillà perché una volta era stata così bella da non potersi guardare allo specchio.

«In ogni caso, per lei e per me, è meglio che non mi riconoscano. Se mi chiedessero di rendere conto di quanto ho detto? Di cambiare qualcosa? Non solo non potrei, ma non oserei nemmeno. Lei ha trascritto le mie parole, perché fa assegnamento su quel che le ho detto. Sulla storia lacrimevole di quanto siamo tutti pieni di speranza in un nuovo futuro, o di come il nostro paese che noi tanto amavamo è diventato per noi una prigione. Dobbiamo vivere trascinando la nostra vita in piccole città, morire in ospedali devastati, in sudicie camerate comuni, o in piccoli appartamenti dove per mesi non esiste acqua calda e la sera tolgono la corrente elettrica. Ci sarà qualcuno che vorrà avere notizie di noi e allora *lei* sarà invitata a un tavolo imbandito e *lei* sarà salutata con un brindisi.

E allora si ricorderà di me, di quando le ho chiesto di venire a Dnipro per affidarle un segreto e poi non ho trovato il coraggio di dirle niente. Mi creda: non per slealtà, o vigliaccheria, ma per banale paura, paura animalesca che mi riconoscano, che riconoscano la mia faccia, che ridano di me – e sarebbe il meno – che mi tormentino. Lei dirà che sono ingenua... che è ridicolo, semplicistico.

Io non sono niente, lo capisco bene. Lei, però, se scriverà lo stesso di me, cambi tutto: il nome, il colore dei capelli, anzi, la cosa migliore è che non scriva niente sul mio aspetto. Perché basta una determinata omissione, o altri segnali, e gli amici e i conoscenti capiranno subito che si tratta di me.

Quando sono arrivati i soldati, non sapevamo di che esercito fossero, e nemmeno da quale parte combattessero e perché erano venuti da noi. Vivevamo alla fine del paesino. Sono uscita di casa per aiutare la vicina. Davanti a me c'era un soldato. Mi ha chiesto da bere e l'ho accompagnato al pozzo. Avevo paura a guardarlo negli occhi, camminavo con la testa bassa, ma lui lo stesso faceva passare ogni tanto il braccio intorno alla mia spalla. La figlia della mia vicina era dai genitori per le vacanze, gridava, ho sentito che chiamava il mio nome, ma non so perché non sono riuscita a correre da lei per aiutarla. Con le mani tremanti ho girato la ruota del pozzo e gli ho dato un mestolo d'acqua. Mi ha chiesto se sapevo da dove venissero, di che esercito fossero, da che parte combattessero, io non sapevo niente, non capivo niente, avevo più di trent'anni, ma non capivo niente.»

Il suo racconto è stato interrotto bruscamente dalla voce dell'annunciatore. La radio cittadina ci informava: «Nella chiesa della Rinascita della città di Dnipro ci sarà una giornata di preghiera per la guarigione dalle malattie croniche. Alla sera reciteremo la tanto attesa preghiera per l'annientamento della maledizione subita. Come preludio al servizio per la festività di domani, si terrà la conferenza dal nome: "Tu sei destinata alla felicità"».

Andreja ha cominciato a insistere che voleva che l'accompagnassi in chiesa. Mi ha detto che era da tanto che non riusciva a trovare pace e per questo mi aveva chiesto di andare da lei. Adesso, accanto a una persona estranea, e che non aveva sofferto, si sentiva meglio ed era pronta a prendersi cura della sua anima. Tanto più che conosceva un prete che non aveva famiglia. «È bello» diceva Andreja, «con i capelli scuri, molto attraente. Credo che appartenga a un gruppo clandestino» ha aggiunto, con la voce più bassa.

Ma non siamo andate in chiesa.

Abbiamo provato a discutere ancora un po' della faccenda del soldato, ma non c'è stato niente da fare. Allora abbiamo deciso di andare in un caffè aperto fino a tardi.

La mattina ci siamo svegliate nello stesso letto.

Dall'estetista

Andava dall'estetista, alla ricerca intenzionale di un disagio. Un caso strano, devo dire, ma di cui molti amici erano a conoscenza e, tutto sommato, non un caso triste. Detestava tutta la cosmetologia e ogni procedura della cosmesi, ma non aveva potuto farne a meno: era dovuta andare dall'estetista, come a certi capita di dover andare soldato.

Non ho scelta, diceva a se stessa, è *una questione di colorito, la mia faccia è terrea. La sfumatura dell'incarnato non è quella giusta. Le guance sono edematose e, come mi hanno spiegato, perdono compattezza.*

E così, ingobbita, a testa bassa, come un animale al mattatoio, si era diretta dall'estetista, due traverse a destra, dopo il portone di casa sua.

Dall'estetista, al centro di una stanzina seminterrata, c'era un tavolo da massaggio, che la donna tra sé aveva sempre chiamato "letto". E quel letto, che si poteva odiare con tutto il cuore, che si poteva maledire, era al centro della stanza, come pronto per un'autopsia del suo corpo. Le due pale delle lampade curative luccicavano al posto delle candele. Il letto era coperto da un lenzuolo di spugna bianco e da un sottile foglio di carta verde, che non aveva mai l'aria di essere pulito, anche se l'estetista, in sua presenza, ogni volta, prendeva il rotolo e ne tagliava un pezzo della lunghezza di un corpo umano. Le clienti godevano così di un lenzuolino nuovo e l'estetista non doveva lavare niente.

Il letto fluttuava in una nuvola di odori che formavano la cupola del tempio di bellezza. Sotto la cupola, come uccelli intorno a un nido devastato, si muovevano le mani dell'estetista. Quelle mani non le piacevano. Nel loro movimento sincronico c'era qualcosa di incompleto, di sospetto. Le dita si curvavano sul suo viso, mentre il suo naso era sferzato da morbidi aromi dolciastri che sapevano di putrefazione e di talco per bambini, poi l'estetista le metteva sugli occhi due cuscinetti tondi di ovatta e lei non vedeva più niente.

Un'estetista a suo modo è una psicologa, pensava la donna. *Se io ho bisogno, se sono in ansia, se qualcuno cerca di mortificarmi, posso rivolgermi a lei, posso chiedere il suo aiuto. Non me lo rifiuterà, perché non mi ha mai rifiutata.*

Certo, restava da capire come avviare con l'estetista un discorso che riguardava temi forse molto lontani dalle sue competenze: in che modo parlarle di quella prostrazione che ci può sorprendere nel cuore della notte, o del calore che accompagna l'improvvisa comprensione di un avvenimento, e che viaggia lungo il nostro corpo come l'anima in una raffigurazione del diciottesimo secolo, passando dalla palpebra all'anulare, tornando al braccio e poi ai reni, alle vertebre e, infine, al cuore?

L'unica lingua che l'estetista era in grado di comprendere era la lingua della pelle.

Poteva rivolgersi a lei, ma doveva essere armata di frasi come: «La faccia mi si è afflosciata», «La pelle si inaridisce, diventa opaca, compaiono rughette in superficie» oppure di espressioni parascientifiche: «Lo strato esterno della mia epidermide ha bisogno di collagene».

E all'estetista – la donna ne era inspiegabilmente convinta – sarebbe stato chiaro che quelle non erano solo parole, che dietro quelle frasi si nascondevano catene montuose di singhiozzi, voragini di un'ansia che si apriva la strada nel suo corpo come una bestiola affamata, troppo seduttiva perché la si potesse annientare senza scrupoli.

Dopo tutto quello che aveva vissuto negli ultimi tre anni, la donna, registrata a Kiev come immigrata, cioè come profuga, dopo tutti i consulti gratuiti di psicologi con gli occhi grandi e compassionevoli, dopo tutte le promesse di un sostegno, dopo che i difensori dei diritti umani vedendo una donna si erano interessati solo alla difesa dei diritti delle donne, e mai a lei, dopo tutto questo, la donna, facendosi coraggio, aveva deciso che le restava solo una possibilità: tornare dall'estetista.

Aveva telefonato e si era annunciata. Era scesa nel seminterrato. I "locali non abitativi" che molti saloni di bellezza a Kiev affittano e che di regola si trovano in seminterrati, sono freddi e senza aria. *Non abitativo,* pensava la donna, *vuole dire che è destinato a chi non vuole più abitare in questa vita, almeno per un po'.*

L'estetista era, come accadeva spesso, piuttosto agitata. Andando contro le sue stesse regole, non aspettò che la donna si togliesse la camicia e si stendesse sul tavolo da massaggio, ma cominciò subito a sfiorarle il viso con il palmo della mano, a sollevarle il mento con due dita e ad accostarle le mani alla base del collo.

«Le è piaciuta la mia nuova crema? Aiuta, vero? Ha un viso davvero diverso. Carnagione di latte, non la si riconosce!»

«Ma, no... figuriamoci» si schermì la donna. «La sua crema mi aiuta, ma l'aridità è diventata più evidente, è entrata in profondità, non la si nasconde, non la si toglie con niente.»

L'estetista, con qualche suggerimento sul tema, le chiese di stendersi e di rimanere in silenzio.

La donna vide che le sue mani, capaci di suscitare in lei angosciosi ricordi, legati all'asilo d'infanzia, quelle mani con unghie corte e curate, cominciavano ad avvicinarsi al suo viso, e sentì quella voce, che si sarebbe potuta definire sepolcrale, se non fosse stata troppo acuta per quell'aggettivo, proferire su di lei queste parole: «Che visetto fresco, sei proprio una giovincella».

La voce si mescolava con le fragranze del salone

di bellezza, con l'odore di pelle sfatta, di sapone, di essenze, di panini con la carne nascosti alla rinfusa, il pranzo con il quale l'estetista aveva cercato di placare la sua fame da seminterrato, dieci volte più difficile da saziare nelle ore di lavoro.

I saloni per la cosmesi sono a loro modo delle trincee e dei rifugi, dove si nascondono soldati affamati, imbrattati di creme, trafitti dagli aghi, pronti a sopportare qualsiasi cosa in ragione di qualsiasi cosa.

L'estetista le chiese di rilassarsi. La donna era stesa sul letto da massaggio, ogni sfioramento era come un pugno, o uno sparo. La pelle veniva bombardata, sulla superficie si aprivano enormi pori come bocche di vulcano. C'era il mormorio dell'acqua, il movimento dei tamponi di ovatta sugli zigomi, la lozione caustica, le dita livide che si avvicinavano e si allontanavano. Sul viso arrivava il raggio diretto delle lampade curative.

Solo lì la donna poteva rivivere gli episodi più terribili dei suoi ultimi anni, poteva viverli di nuovo e non provare più vergogna per la presunta assenza di pericolo in cui si ritrovava adesso.

Assenza di pericolo? Il massaggio al viso le sollevava il labbro superiore come se fosse un'escrescenza senza vita, il profumo caustico le faceva girare la testa e le dava la nausea, i contorni degli oggetti si disfacevano per la sensazione di impotenza.

Così, dallo sfioramento al gesto, dall'ondata di paura al fremito, un po' alla volta, il tempo si allungò, i minuti non volevano finire e la donna cominciò a sentirsi più leggera.

Il giorno dopo la visita dall'estetista, gli amici videro la donna passeggiare nel vecchio giardino botanico. Il suo sorriso non poteva dirsi felice, ma lei si fermava davanti ai fiori per guardarli.

Sorelle

Un leggero profumo di fragranze floreali. Per cominciare a vivere, io devo aspettare le tre del pomeriggio, o anche le cinque. Ma, a quel punto, è già quasi sera. Il sole chiama le stelle in cielo, raccoglie il suo esercito e si nasconde dietro le nuvole. Io stiro i vestiti che ho lavato, metto un po' in ordine e, senza forze, ricado sul letto. Ogni giorno devo cominciare a vivere di nuovo, devo imparare a godere di ogni nuova giornata. Datemi un consiglio, ditemi qualsiasi cosa. Ho bisogno di aiuto. Io non so che cos'è la mattina, non riesco a capire come il giorno di ieri possa trascorrere e rifluire nel giorno di oggi. Non riesco a credere che anche il giorno di oggi dovrà sparire. Da un certo momento in poi, perdo completamente l'orientamento. Non so che cosa sia l'inizio. Il momento in cui tutti siamo nati, la sorgente da cui sgorgano i fiumi. Dov'è il mio inizio del giorno? Quando mi sveglio sono già stanca. Mia sorella dorme nel letto vicino. Lei lavora. Per non pensare a niente, si è trovata un'occupazione, e le pagano uno stipendio. Anche se i soldi non ci mancavano. È un ottimo impiego. Lava i piatti all'ambasciata americana. Qualche volta apparecchia la tavola per pranzi ufficiali, o per la colazione. Gli americani dimostrano compassione per le nostre disgrazie. Qualche volta ci danno vestiti, o anche biancheria per la casa. Ci piace mettere le loro cose, soprattutto se sono di una misura un po' più grande. È bello avere indosso vestiti che ti fanno sentire come a casa. E una casa non si stringe mai al corpo di una persona.

Ci sono stati dei giornalisti che erano interessati a parlarmi, volevano sapere la nostra storia. Ma non ho potuto raccontare niente a nessuno. Per mia sorella è diverso, lei ha raccontato la nostra storia a molte persone, non solo a giornalisti, ma anche a registi, artisti, attori; poi le è venuta a noia e ha cominciato a raccontare la storia dei vicini, storie di conoscenti, storie che, come lei stessa sospettava, non avevano niente a che vedere con la nostra realtà. E lei ha fornito questi racconti come se fossero sventure, peregrinazioni vissute da noi.

Mia sorella ha una grande inventiva. Qualche volta ho l'impressione che si sia inventata la guerra, i bombardamenti, la morte di persone che conoscevamo, per divertimento.

Non aveva niente da fare. Si era stancata di quel mondo dal quale riceveva regolarmente mazzi di fiori e allora si è inventata un nuovo mondo, intricato e confuso, perché qualcuno prestasse davvero orecchio alle sue parole.

Se è per questo, a dire la verità non aveva bisogno di raccontare storie. Intorno a lei non mancavano mai personaggi molto compiacenti che la ascoltavano per ore, qualche volta con ammirazione.

Ogni mattina, mia sorella – minore di me, bella, perfetta, superiore a me per intelligenza e forza di volontà – si alza alle sei, si lava i denti e la faccia, con un piccolo massaggio alle guance, per colorirle, poi aggiunge il fondotinta e un po' di fard rosa, per prevenire il caso di un subitaneo pallore, e va al lavoro. Si veste sempre bene, in modo che i vicini la guardino dalla finestra quando esce dal portone per andare alla fermata dell'autobus.

Resto a casa da sola, e comincio a cercarla.

Quando lei non c'è, la cerco dappertutto, anche sotto i coperchi delle pentole, tra le padelle, negli armadi, sui fornelli.

Mia sorella torna a casa e mi racconta la sua giornata. Mi dice, allusiva, che mai prima d'ora ha fatto amicizia con persone così importanti. Un tipo dell'ambasciata, mi pare di capire, si è offerto di accompagnarla a casa, è stato molto gentile. Parlava russo come noi anche se è americano. Che onore! Ma pensa! La nostra famiglia era una delle più note della città e tra i nostri conoscenti c'erano persone molto più importanti di tutti i funzionari che affollano le ambasciate di Kiev.

Erano persone spericolate, che ammiravamo, ma della loro vita non sapevamo quasi niente. Erano temuti, considerati, ma parlare con loro non era facile, perché di fatto non sapevano parlare. In nostra compagnia tacevano, bevevano birra e solo ogni tanto si scambiavano qualche parola che noi non capivamo. Discutevano i loro piani, progetti di cui noi non eravamo in grado di comprendere assolutamente niente. Non si vergognavano di essere importanti e non si atteggiavano da ipocriti come spesso fanno i funzionari d'ambasciata. Io invidiavo mia sorella perché loro venivano a casa nostra per lei, per stare in sua compagnia. Poi hanno smesso di venire. È successo dopo un importante episodio di cui non voglio parlare. Di per sé erano ottime persone. Erano belli. Uno aveva la testa oblunga e portava braccialetti di pelle appariscenti. Un altro aveva sul petto una croce pesantissima e un teschio che era un simbolo di fedeltà, ci ha spiegato.

Mia sorella ha sempre saputo sorprendermi, è tutta la vita che mi fa passare da una sorpresa all'altra, stupendomi con nuove conoscenze che mai e poi mai le potranno appartenere, bestie troppo imponenti per una come lei.

Anche se lei è irresistibile.

Prima non riuscivo a toglierle gli occhi di dosso, poi ho cominciato ad abituarmi, forse anche grazie alla miopia.

Prima i nostri visitatori abituali la divinizzavano. Fascino autentico e indubitabile. Davanti a lei tutti gli uomini chinavano la testa, anche quello che l'ha lasciata alla fontana dove andavamo a prendere l'acqua minerale. Mi ricordo del nostro prete che era venuto a benedire la sorgente, era vestito di nero come il monaco nero, ha consacrato l'acqua e da allora tutti gli abitanti del circondario hanno cominciato a prendere l'acqua da quella fessura nella roccia. Noi pensavamo che, se fossimo cadute in disgrazia, quell'acqua benedetta ci avrebbe salvate.

Andavamo spesso alla sorgente, cioè alla fontana, intorno alla quale si radunava una patetica folla di pensionati, e ci immaginavamo Georgii Pobedonosec, San Giorgio Trionfatore, che sorge dalle acque con una spada d'oro luccicante pronta a colpire i suoi nemici, anzi non i nemici, ma le persone cattive che, come dice il nostro prete, sono preda di spiriti malvagi, o sono loro stessi spiriti malvagi.

Eravamo persone adulte e pragmatiche, previdenti e socievoli, ma eravamo state capaci di conservare dentro di noi un angolo di romanticismo, per questo continuavamo ad avere queste belle fantasie.

Anche adesso, mi ha raccontato mia sorella, quando lava i piatti all'ambasciata americana, le sembra che un infuriato Gavriil, l'arcangelo Gabriele, possa nascere dalla schiuma che riempie il lavandino. I prodotti che usano all'ambasciata americana sono più potenti e fanno più schiuma.

Tutto, all'ambasciata, è diverso dalla nostra vita normale. Ogni cosa, ogni oggetto è fatto per durare un secolo.

Da noi non è così, figuriamoci!

Mi sembra che sia talmente facile annientare la nostra vita, tutto quello che abbiamo costruito, raccolto, immagazzinato, abbellito, l'abbiamo fatto, lo facciamo e lo faremo solo per farlo durare un giorno, al massimo una settimana. Non c'è niente che ci piaccia di più di quello che è temporaneo. Di breve durata, deperibile, caduco.

Mi meraviglia che abbiamo una bandiera, un inno, ricordi del passato, canzoni che si tramandano da una generazione con l'altra, come *Van'ka, Van'ka resta qui* e *Nataša, dove vai*?

Mi sembra che sia arrivato il momento di sistematizzare il nostro mondo. Creiamo due colonnine, una per le cose che durano poco e una per le cose che durano un secolo. Incolonniamo tutto, ma proprio tutto, al posto giusto, e poi proponiamo la scelta tra una colonna e l'altra all'intera società, magari tramite referendum. La colonnina che non vince può essere distrutta, o regalata a un'altra nazione.

Ho molte idee, oltre a questa.

Filosofia

Un soldato ucraino, nel 2014, quando tutto era appena incominciato, mi ha raccontato di essersi sposato con la guerra. Mi ha detto: «Mi sono sposato. Pensa, mi sono finalmente sposato. Mi hanno convinto i miei genitori. Negli ultimi mesi mi prendevano in giro, anche se ho solo ventisei anni. Dicevano: "Guardati, stai diventando calvo! Non sei più il bambino che adoravamo. È il momento!". Non dicevano: "È il momento di sposarsi", ma borbottavano solo: "È il momento". E io gli ho creduto. Gli ho creduto».

Così, aveva trovato il modo di liberarsi di quell'assurda oppressione familiare. Aveva deciso, e all'inizio lo aveva detto solo a se stesso, che si sarebbe sposato, ma non con una donna, con qualcosa d'altro, qualcosa di più importante e, nello stesso tempo, di più serio. Ha cercato uno scopo nella vita commisurato alle sue forze. E l'ha trovato. Si è sposato con la guerra. Di fatto, ha agito come agiscono quasi tutti i giovani uomini ucraini. Si è trovato una moglie con cui non poteva andare d'accordo, che lo dominava, lo derideva, lo tradiva. Aveva scelto in fretta. Ma voleva sposarsi e, come diceva lui stesso in toni magniloquenti, il destino si era compiuto. I genitori si erano placati. Il figlio si era sistemato. Era splendidamente riuscito a convincerli che la moglie prescelta era proprio quella che loro volevano. Della guerra, lo attraeva l'inaccessibilità, per esempio, quando la sua compagnia doveva restare nel rifugio per due mesi e la guerra non si faceva vedere.

D'inverno, con il freddo, nel periodo dei bombardamenti incessanti, non bevevano, anche se erano terrorizzati. Avevano paura di giorno e di notte, così tanto che non si accorgevano e non gli importava di altro. Uno di loro, soprannominato il Poeta, strillava per ore il verso del gallo o quello della civetta, e a nessuno passava per la testa di zittirlo. La loro unità si trovava vicino al paesino di Ščastje, che vuol dire fortuna, e la mattina prendevano in giro il Poeta e gli dicevano: «La Fortuna piove dal cielo». Scherzavano, con bonomia, e mai, sentitemi bene, mai e poi mai, lo avevano offeso. Soldati-eroi, soldati-carne da cannone. Lo dicevano di se stessi, ironicamente, e il Poeta, proprio lui, avrebbe tanto voluto che qualcuno descrivesse, in un solo motto, la loro fierezza e la loro nullità.

Quando bevevano, invece, diventavano come ragazzi al campeggio, due, tre, o anche quattro squadre rivali. Prima cantavano, poi si davano spintoni da ridere, come piccoletti della scuola materna, e poi lottavano sul serio. Gridavano: «Se sei un Separ, separati!»; «Maledetto Ukr, lasciami stare», e solo dopo qualche ora di battaglia, senza mai una sola vittima, si addormentavano del sonno dolce dei bambini

La guerra disarma? La guerra toglie la speranza, il senso delle cose, rende la vita uniforme e grigia, risucchia la linfa dalla città, dalla strada?

Niente affatto. La guerra ci aiuta! Ci distoglie da noi stessi, dalla continua occupazione di pensare solo a noi. Adesso abbiamo soltanto il tempo di dare una sbirciata rapida dentro di noi attraverso la finestra della guerra.

Ci detestiamo, ecco la sciagura, odiamo qualsiasi aspetto della nostra vita sociale, delle nostre attività. Odiamo perfino la nostra cultura nazionale. Riusciamo ad amarla solo nelle sofferenze, nelle persecuzioni che le sono toccate in sorte, nella distruzione da cui è stata travolta.

Sì. La rinascita in Ucraina è possibile solo quando si arriva al momento delle esecuzioni e del terrore. Noi non possiamo raggiungere niente: muoverci ci piace, sì, ci piace molto il movimento, la direzione, il vettore. E siamo sempre pronti a cambiare un vettore con un altro, con disinvoltura. Ma non siamo capaci di andare da nessuna parte. Qualsiasi punto d'arrivo, o qualsiasi fermata durante il viaggio, per noi equivale alla morte.

È andata bene. La guerra è cominciata. Ma la catastrofe? Non è ancora esplosa.

Sorridiamo di meno, ci comportiamo come automi, facciamo tutto senza metterci l'anima, è vero. Ma la catastrofe non c'è ancora stata. C'è solo il presentimento della catastrofe. E va bene. Forse un presentimento, qualunque sia, è meglio di un risultato?

Sì, perché l'acquisizione di un'identità, l'acquisizione di sé, concedetemelo, sarà un'autentica catastrofe. Noi stiamo bene lì, dove il pensiero non è pensato fino in fondo. Dove tutto rimane non detto completamente.

L'attrazione delle fonti luminose

Una buia notte invernale e una strada deserta, ci sono quattro luci, sono quattro fanali ai quattro angoli di un piccolo edificio a un piano. Se sei perfettamente convinto che nella tua anima regni il deserto, allora la sera devi lasciare la tua casa e dirigerti verso quelle quattro luci accese, danzanti intorno alla piccola costruzione come colibrì davanti a un fiore.

Lo farai pensando che troverai pace in un luogo sconosciuto, oppure lo farai perché credi che ti accoglieranno con gioia e ti offriranno del caffè e del vino.

Ti verranno in mente mille cose, mentre, passo dopo passo, coraggiosamente, ti dirigi verso quella costruzione, piccola come un giocattolo, mentre percorri metri e metri di strade deserte. Ti sembrerà di nuotare nel vuoto, anche se sotto i piedi avrai la dura terra. *Sarà così, forse, il cammino verso il successo?* è uno dei pensieri, di autore sconosciuto, che ti attraversano la mente.

Finalmente sei davanti alla porta, ti arrivano, a frammenti, le note di una canzone. Una canzone composta prima che tu nascessi. Altre persone, in altri paesi, in altri tempi, al suono di queste note hanno provato la felicità di sapersi abbandonare. Tu, per entrare, non socchiudi la porta ma la apri tutta, di slancio. Audace, con la vittoria in tasca, entri nell'edificio.

E ti fermi subito, senza capire.

Come all'esterno, anche lì, non c'è niente, non succede niente, la musica non si sente più. Forse arrivava dalla finestra aperta di un'altra casa. Oppure non c'è mai stata. Il buio è uguale a quello di fuori, ma è più caldo, e così pensi davvero che ti stiano aspettando. Nell'aria si sente perfino qualcosa di primaverile. Passi, attraverso uno stretto corridoio, in un altro locale, dove c'è una macchina per il caffè. Trovi un bicchierino di cartone leggero e lo appoggi sulla superficie cromata della macchina. Ascolti l'acqua che arriva al bollore. Non ci sono sedie, ma un bicchiere piccolo si può bere anche in piedi.

In un inimmaginabile, morbido silenzio, inghiotti il primo sorso. Poi un altro, e poi ancora. Ti sembra di aver imboccato un percorso sicuro e che le risposte alle domande di sempre verranno da sole. Stai diventando migliore, la tua mente è più organizzata e più attenta di quanto non sia mai stata. Che cosa si può chiedere di più?

Rapido, ti attraversa la mente un pensiero felice. Torni nel corridoio buio, quasi a tentoni, trovi una finestra. C'è uno stretto davanzale all'altezza del tuo petto. Ti appoggi per aprire le imposte, il vento ti inonda di aria fresca. Prima di saltare, dal buio della casa guardi il buio fuori, da un vuoto, un altro vuoto.

Non morirai. È una casa a un piano, volerai e ti lascerai cadere morbidamente a terra. Un attimo di felicità che sognerai spesso di poter rivivere.

Tre canti del lamento

La serpe

È entrata strisciando, la maledetta. Puntava al cuore, al nocciolo, e si è infilata nel nostro appartamento, fingendo di voler controllare dei documenti. Si è presentata come impiegata dei servizi sociali e si è diretta subito verso il mobiletto a cassetti. Il mio vecchio marito aveva costruito tutti quei cassettini forse pensando di farne dei nascondigli. Quanto piangere, ho pianto per due ore, forse per quattro, non ricordo. È entrata nella nostra camera, che è camera da letto, ma anche salotto, e si è avvicinata al comodino, di lato, e tendeva la mano verso i documenti. I documenti erano in cinque buste, a strati l'una sull'altra. Li avevamo messi lì, un giorno, per ogni evenienza. Avevo ripiegato io gli angoli delle buste. Ha detto che era del servizio sociale cittadino, che ci spettava un rimborso e che doveva registrare i documenti. Una volta guadagnavo bene. Ma i tempi non sono più quelli. Anche il mio vecchio guadagnava. In questo è stato bravo. Che cosa voglia dire avere dei bei soldi, lo sapevamo benissimo entrambi. E di cassettini ne avevamo a centinaia. Proprio per questa evenienza, il vecchio ha piallato, segato, inchiodato. O forse abbiamo portato a casa uno schedario della biblioteca? Non mi ricordo.

La biblioteca di quartiere era stata chiusa, i libri nei cartoni sotto la pioggia si sarebbero bagnati. Gli schedari erano allineati all'ingresso. Sarebbero andati persi comunque, adesso che quelle chiusure si moltiplicavano. Ma ormai lui è vecchio, un po' cieco, un po' sordo. L'ha lasciata entrare, ha lasciato che si avvicinasse al comodino, allo schedario, ai cassetti.

Se fosse stata una serpe avrebbe strisciato da un cassetto all'altro, una grande occasione per una serpe, potersi insinuare in tutti quei pertugi. Ma se il mio vecchio fosse stato uno sparviero, avrebbe afferrato quella serpe e l'avrebbe portata via. L'avrebbe portata in cima alla montagna, al suo nido, dove lo aspettavano i suoi piccoli, le piume brune esposte ai fischi del vento, e lui dall'alto avrebbe visto i giovani becchi pronti a spalancarsi all'arrivo del raccolto di sangue. Da chi mai quei poveri cuccioli avrebbero potuto imparare che la serpe non è cibo, ma un essere vivente, in grado di pensare e avere emozioni? Si sarebbero solo ingozzati per giorni interi. Ingozzarsi e crescere, crescere e ingozzarsi. E se fosse stato sì uno sparviero, ma uno sparviero vecchio? Come adesso, che è un vecchio nonno?

Non avrebbe avuto dei piccoli e non sarebbe stato in grado di tenere la serpe nel becco. Lei sarebbe precipitata sugli scogli e sarebbe morta. Oppure sarebbe caduta su un campo e avrebbe strisciato fino alla tana di qualche animale, nascosta nell'erba alta, sparita per sempre.

Parlando di sparvieri, lui avrebbe anche potuto essere, al contrario, uno sparviero giovane, ancora goffo, ma spericolato, con tutta la vita davanti, e non sarebbe cambiato niente: lei avrebbe rubato comunque. Lei ha rubato! È entrata in casa e ha rubato. Ne ha presi duemila! Sono in metropolitana, dove non si riesce a sentire, lui telefona e dice: «Duemila dei nostri cari non ci sono più». Non volevo credergli. Poi sono arrivata a casa, ho controllato, era vero. Ha aperto uno dei cassettini, in basso, dove li avevamo messi, a riscaldarsi sotto i documenti; vicino c'è un calorifero sempre acceso e qualche volta un raggio di sole dalla finestra, e loro se ne stavano lì, nascosti per i giorni bui. Un po' tiepidi per il calore che arrivava dall'esterno.

Il mio vecchietto è incapace di provare diffidenza. Una volta gli hanno dato un colpo in testa nell'androne di casa e gli hanno strappato la borsa. Avevano capito che non è povero e che poteva avere con sé qualcosa di valore. Per quanto sia vecchio, in effetti non ha l'aria bisognosa. Sappiamo tutti e due come risparmiare e sappiamo dove nascondere i soldi.

È successo cinque anni fa. Una settimana fa, invece, sono entrati nel nostro palazzo e in due appartamenti sullo stesso piano hanno portato via tutto.

Tutte le possibili umane cose di valore. Di questi tempi, non resta che piangere.

Al piano sopra il nostro viveva un uomo, grande, grosso, burbero e serio, non diceva mai una parola. Sono riusciti ad abbindolare anche lui, e pure a seppellirlo. Gli inquilini del nostro palazzo hanno raccolto i soldi per il funerale.

Dicono che io e il vecchio ce la siamo cavata. Adesso a casa non teniamo niente. Io e lui non abbiamo niente. E se anche fosse, non lo terremmo in casa. E comunque, non c'è nulla.

Meglio non pensare, meglio dimenticare.

Sull'amore

Chi ha detto che si possono innamorare di me? Lei mi ama o non mi ama? Poco tempo fa mi sono comprato un completo a Kiev, vicino alla piazza Lev Tolstoj. Un completo così, in Ucraina, ce l'hanno in pochi. Il panno sostiene la figura, sottolinea le forme naturali. Si stende bene sul petto e non forma piegoline sulle spalle, cade morbidamente fino ai polsi. Chi ha dimostrato recente bravura nel fare i soldi, chi se li fa frusciare in tasca mentre infila nei pantaloni una camicia lussuosa, un completo così non se lo sogna nemmeno. Io so scegliere, guardo l'oggetto da ogni lato, e noto le cose che gli altri non vedono. Gli altri si lasciano facilmente attrarre e vuotano il portafogli come si vuoterebbe il sacco in un confessionale.

Non ho comprato questo vestito per i giorni di festa, non per le occasioni speciali, o per un appuntamento: me lo si può vedere addosso tutti i giorni, la mattina al lavoro, nei reparti della fabbrica, tra le scrivanie degli impiegati, nell'irraggiungibile ufficio del direttore. Un vestito essenziale.

Arrivo sempre a bordo della mia Mercedes, per evidenti ragioni di rappresentanza. Scendo dall'auto pieno di energie, un po' contrariato ma speranzoso, e mi presento al lavoro alle dieci, mai prima, preciso come un orologio. Non devo niente a nessuno. Guardo le cose con concretezza e con esperienza.

Lei arriva alle otto, tiene la borsa sotto il braccio e la stringe a sé, un po' ingobbita, pallida. Qualche volta vacilla, come se fosse appena rientrata dopo una malattia, cammina sull'erba, o sulle nostre aiuole. Ho coltivato per loro non solo l'erba ma anche i fiori, i gerani, l'amaranto piumoso, che rende più bello il giardino della fabbrica, e loro lo calpestano. Avevo pensato anche a un prato all'inglese, ma non so se ne vale la pena: loro non camminano sull'asfalto e tagliano per il prato, così fanno prima. Arrivano sempre in ritardo, anche l'ultimo attimo di sonno per loro è prezioso, oppure vince la pigrizia. Che cosa possiamo avere in comune? Ormai non mi stupisco più di niente. E lei è così trascurata, non ha un paio di sandali che non siano sformati. Non ha tempo di farsi un vestito da sola, così ne compra ogni tanto uno al mercato, ma quelli non si possono chiamare vestiti. Non riesce a dire più niente di sensato, non ha chiarezza di pensiero, ha perso la sua arguzia. Una volta, mi ricordo, ragionava con spirito combattivo, ma adesso, come a tutte loro, la testa le gira sempre a vuoto. Giorno e notte pensa ai conti da pagare, luce, acqua, libri di scuola, vacanze. Una vera rapina. Se ti vortica in testa sempre lo stesso pensiero, per forza diventi stupido.

Tra l'altro, io questa fabbrica potrei anche chiuderla, a che cosa mi serve se non dà profitto? E quanto può lavorare un uomo? Non posso mettere nessun altro a dirigerla, e comunque io non sono peggio di altri.

Ma un'utilità dalla nostra catena di montaggio la ricavo. Verso sera, quando non ho nemmeno il tempo di girarmi, e sono sollecitato da tutte le parti, e tutti mettono fretta a tutti, e la quota di produzione va completata, solo in quel momento lei si lascia andare. Mi dirigo alla scrivania passando per le due file di cucitrici, e la vedo.

La vedo immersa nel lavoro, non si accorge di niente intorno a sé, come se fosse lei sola nel mondo intero, come se la polvere della lana, i fili, i frammenti di tessuto fossero enormi brandelli di cielo, nuvole alle quali rivolgere un sorriso. O forse il sorriso è per me? Come posso saperlo? Ho pensato alla catena di montaggio in ogni dettaglio, tutto si muove in un cerchio ininterrotto. No, non è vero. La catena di montaggio è una invenzione crudele e insensata. Forse l'invenzione più terribile che sia mai stata concepita dalla mente umana. Non è stato ancora inventato niente di più spaventoso.

Lei esegue l'impuntura longitudinale, la collega alle sue spalle la sollecita, bisogna andare più in fretta, quella davanti ha già finito e lei non ha tenuto il ritmo, in realtà lo ha tenuto, è una delle mie operaie più esperte, ma quella davanti è comunque due volte più veloce e adesso è ferma e non può completare il lavoro pianificato. Rimarrà senza paga se non finisce la sua parte. Allora l'altra si affretta e nella premura fa un errore. E adesso non potrà andare a casa, non potrà farlo nessuna delle due.

Gli errori costano, correggerli è complicato. L'altra, che cuce velocemente, adesso è obbligata a stare ferma, ma è impaziente, vuole uscire alle quattro e mezzo, alla fine del turno. Oppure aveva in mente di andare via addirittura alle quattro, se fosse riuscita a finire? Poniamo che io le cambi posto: cucirà male perché è abituata a fare sempre lo stesso pezzo. E non è un mio compito stabilire le posizioni, è il caporeparto che le deve assegnare. Il lavoro di ognuna dipende da quello della precedente. Ma anche da lei stessa, dal suo spirito di iniziativa, dal suo scrupolo, dalla sua personalità. Insomma, comunque la si metta, quel che si merita è la paga minima.

E voi, brava gente, voi mi chiederete, come fa a finire di cucire la sua parte se l'altra cucitrice non le passa il primo pezzo pronto? A questo pensiero impazzisco, soffoco, mi si secca la gola. Non ho quasi più aria da respirare. E tutta questa produzione dipende da me soltanto. Tu puoi tagliarti le mani e forarti gli occhi, ma la tua collega non può cucire più in fretta di così. Quella collega a malapena riesce ad arrivare al lavoro, trascina a malapena le gambe, alla fine del turno deve rimanere un'altra ora per finire di cucire la quota minima. A nessuno importa, le operaie sono anelli di una catena, una catena di montaggio che ho voluto io per incrementare l'efficienza della fabbrica.

È un sistema elementare ma sfugge alla comprensione. L'ho creato io ma, come un bambino, cerco di capire meglio il funzionamento dell'intero processo. Per voi estranei, un ottimo esempio potrebbe essere quello della donna a sei braccia. Abbastanza alta, pienotta, sotto i sessanta. Ha le labbra dipinte e i capelli ondulati, sulle unghie tracce di smalto rosso. Riesco a considerarla attraente perché anche io non sono più un ragazzo. Detto questo, a chi può interessare che quattro delle sue mani lavorino più lentamente delle altre due? Mettiamo che quelle quattro mani siano più esperte, che compiano meno errori e svolgano un lavoro di maggiore qualità. Come contabilizzare l'insieme del suo lavoro? Non riesco a capirlo! Ecco io devo risolvere questo tipo di problemi. È il mio ruolo! E nessuno, nessun altro può farlo al posto mio. La donna a sei braccia riceve uno stipendio calcolato sulla base delle quattro mani lente. Ma ce ne sono altre due, veloci, abilissime! Perfino le loro unghie sono adunche perché possano manovrare il filo più in fretta. Ma posso io appigliarmi a quelle mani come termine di paragone? Posso aggrapparmi a quelle mani? No, non posso, sono scivolose, coperte di crema idratante. Le altre quattro sono più esperte.

Il lavoro non è facile, lo riconosco, ma io non ho bisogno di loro. Ne ho abbastanza. Sempre le stesse richieste, le stesse lamentele.

Potrei fare a meno di tutto. Si dice che ciascuno di noi muore da solo. È saggio, e mi piace. Significa che ciascuno è responsabile per se stesso. Ma potrebbe voler dire anche l'opposto. Ciascuno è responsabile per tutti gli altri. Dipende da dove guardi. Io non voglio morire da solo. La tredicesima, le gratifiche. Ho offerto di tutto. Tredici unità di produzione su un solo cappotto. Ho preparato tutto, in accordo con il contabile, ho organizzato la politica sociale della fabbrica. Un medico di primo intervento apposta per loro. Giorni di ricevimento: il martedì e il giovedì, chiamare e dire che è da parte di Vladimirovič.

Ci sono direttori di fabbrica che hanno allestito altri scenari, mettendo le brande accanto ai telai: un turno di operaie dorme e l'altro lavora, e poi il contrario. Il primo lavora, il secondo dorme. Si pranza e si cena nella mensa, un piccolo intervallo alla televisione, e poi di nuovo al lavoro. A casa solo nei giorni di festa.

Il confronto poteva essere un'arma a mio vantaggio e ho indetto una riunione, verso sera. «Sarebbe più comodo, no?» ho detto e ho visto che loro mi guardavano, ma non erano d'accordo. Ormai gridavo: «Alzerò gli stipendi! Li alzerò», ma loro non dicevano niente e guardavano da un'altra parte. Sono arrivate qui tanto tempo fa, qualcuna per un paio di mesi, qualcuna solo per provare, poi sono aumentate, sono affluite con la corrente delle cucitrici. Anche io nuoto nella corrente delle cucitrici. Forse in testa alla corrente?

Come si dice da noi: «Non è venuto dalla strada, è cresciuto alla scuola della fabbrica».

Un gesto eroico

Non intendo lamentarmi, anche se la mia età lo consentirebbe.

Dico solo che, se oggi i prezzi rincarano, ci si può arrangiare a trovare soluzioni che compensino la differenza con il passato.

Io ho provveduto a me stessa in diversi modi, spesso con successo.

Una volta mi è stato chiesto di occuparmi di una parente che stava per morire, una vecchina in un letto immenso dentro un piccolo appartamento di una sola stanza che lei aveva deciso di intestare ai suoi ingrati nipoti di Kiev.

Non ero nessuno per loro e non capivo perché si fossero rivolti a me, ma non ha importanza.

Piccola, e tutta linda grazie alle mie cure, se ne stava nell'enorme letto, guardava il soffitto e si preparava a partire per un altro mondo.

Io sedevo alla destra del letto, rincalzavo il lenzuolo, accomodavo il cuscino e aspettavo.

I nipoti e i figli non mi dimostravano nessuna gratitudine. Non potevano venire da noi perché dicevano che a Avdiivka li avrebbero arrestati.

Una sera, la sera in cui è accaduto il fatto di cui parlerò, la malata si è svegliata e, con una vocina sottile, mi ha detto: «Apri l'armadio dove ci sono i libri, in basso c'è un cassetto con le calze, cerca quelle bianche e srotolale».

Ho capito subito che le calze nascondevano qualcosa. Ho aperto l'armadio, ho cercato il cassetto e poi, nel cassetto, le calze bianche. Erano foderate di spugna morbida, belle calze, di qualità, arrotolate una nell'altra, le ho separate e ho infilato la mano in una delle due. In fondo c'era una piccola icona d'oro, un ciondolo pesante, con la Santa Matrona su uno sfondo vermiglio. Si sa che la Santa Matrona porta fortuna e felicità ed esaudisce i desideri segreti.

Mi sono messa subito in tasca la piccola icona e sono tornata al letto della morente. La vecchina era distesa con gli occhi aperti e sembrava che stesse pensando a qualcosa, ma non si accorgeva di me. Per controllare, le ho premuto il dito indice sulla fronte, e lei è rimasta immobile. Riflettevo sul da farsi, pensavo alla piccola icona che avevo in tasca e che, per mia generosità d'animo, intendevo mandare in regalo ai nipoti di Kiev, anche se loro non avevano mai reso visita alla nonna e si limitavano a dare vuoti consigli a distanza.

Riflettevo, quando all'improvviso la finestra ha scricchiolato e si è aperta, nella stanza è entrata una folata di vento umido, la luce si è spenta, e sul davanzale è apparsa la fisionomia tonda e crudele dell'angelo della morte. Dalle narici gli usciva un vapore grigiastro, roteava gli occhi e corrugava la fronte in piegoline nervose. Ho subito infilato la mano nella tasca con la Santa Matrona.

Ma l'angelo non si è diretto verso la morente per assolvere i suoi compiti, si è slanciato su di me e ha appoggiato la mano sulla mia tasca. Premeva con tutte le sue forze e cercava di tastare l'icona. Io resistevo con la mano infilata nella tasca, la tasca era cucita di sbieco, non vi dico in che punto. Accanto al letto della morente si è svolta una scena poco dignitosa.

Non mi arrendevo e non estraevo l'icona, lui ha infilato la mano e cercava sempre più in fondo. Gli ho lanciato un'occhiata per dirgli di guardare la vecchietta che stava per morire, ma il figlio di puttana continuava a starmi addosso. Rizzava le penne e mi trapanava con lo sguardo. Non so per quanto tempo abbiamo lottato. Io facevo un passo avanti e lui ne faceva un altro. Io mi piegavo da un lato, e lui faceva uguale. Non ho ceduto. E all'improvviso mi sono accorta che era sparito, non c'era traccia di quello che era successo, ero da sola, tranquilla, in cucina davanti al fornello con il bollitore. Con la mano tremante ho controllato la tasca: l'icona era al suo posto, pesante e calda. Sono corsa nella stanza, la vecchina era seduta sul letto e cercava le pantofole. Guarita.

I nipoti non sono venuti da Kiev nemmeno in quell'occasione, ma sono stati contenti.

Mi hanno lasciato tenere la piccola icona. Mi hanno detto grazie per aver liberato e salvato la loro nonna.

Hanno saputo dimostrare la loro gratitudine. Se penso a quale prezzo sono diventate mie molte cose nella vita, non c'è da stupirsi che mi siano care.

Per esempio

Seguono due esempi tratti dalla vita

Una giovane sartina, dopo lunghe elucubrazioni – dopo una preparazione pluriennale e un inesausto, tenace, cocciuto accantonamento di risorse – decise di andare a Parigi. Naturalmente era tutta la vita che sognava Parigi. E, ovviamente, di Parigi non aveva la benché minima idea. In ogni caso, grazie a una caparbietà quasi disperata, e comunque inaudita per la cerchia dei suoi amici, si era ritrovata a Kiev, dov'era arrivata da Vinnycja, sulla strada per l'aeroporto, col visto fresco di stampa sul passaporto e con il suo bel biglietto per Parigi, volo diretto. Quest'ultima circostanza richiede una spiegazione aggiuntiva, perché la sartina aveva passato mesi a riflettere se valesse la pena optare per quest'ultima soluzione, spendendo di più, o se non fosse meglio risparmiare, facendo scalo a Minsk. Una questione apparentemente irrilevante che però le aveva tolto il sonno, disidratato la pelle, scosso i nervi, monopolizzato, sia pur per un breve lasso di tempo, la mente, infiltrandosi perfino nei suoi incubi notturni. E infatti aveva sognato un doganiere, bruttarello ma imperioso, che le avrebbe proibito per sempre di lasciare Minsk, se non avesse desistito nel suo intento di andarsene a Parigi. Dubbi vertiginosi la spinsero ad acquistare, con le lacrime agli occhi, i biglietti per il volo diretto, abbreviando così la sua permanenza a Parigi di un giorno intero. Per quanto riguardava l'alloggio, aveva trovato un alberghetto modesto ma perbene, e le settimane prima della partenza le trascorse facendo il conto delle spese future, perfino di quelle più insignificanti, come la tazza di caffè che si riprometteva di bere già all'aeroporto di Parigi, subito dopo l'atterraggio. Inutile precisare che quei calcoli meticolosi erano assolutamente vani, perché lei viveva nella regione di Vinnycja, dove i prezzi non c'entravano nulla con quelli di Parigi, che lei si immaginava ora spropositati (nei momenti di disperazione), ora ridicolmente bassi (nei rari sussulti di baldanza).

E poi ecco quella stessa persona, una donna alta, dall'espressione aperta e un po' sorpresa, sulla strada che dalla stazione centrale di Kiev va all'aeroporto, nell'attimo in cui il taxi è già praticamente arrivato al terminal da cui partono i voli internazionali, eccola chiedere di colpo al tassista di fermarsi, là dove secondo il codice della strada sarebbe ormai impossibile. E quando lui, brontolando fra i denti, si ferma, lei, dopo aver pagato in fretta la corsa, spalanca lo sportello, scende dal taxi, estrae dal bagagliaio la sua valigetta e, senza fornire spiegazioni di sorta, trascinando la valigia sull'erba, si dirige verso il rado boschetto che si trova accanto all'aeroporto.

Il tassista avrebbe voluto dire qualcosa, forse perfino dissuaderla, ma si ricordò in tempo che la corsa era già saldata, quindi batté la manona sul portafoglio gonfio – teneramente, come dando una pacca sulla spalla a un figlio prediletto e viziatissimo – invertì la marcia e tornò in centro, dove lo attendeva una nuova chiamata.

E a questo punto restano le seguenti domande:

Dov'è che è finita la sartina?

Perché da allora non s'è più vista nella sua città natale?

Il suo ingresso in quel bosco può essere interpretato come una sorta di strappo rispetto agli innumerevoli accordi complessi che aveva stipulato con se stessa prima del viaggio? Oppure l'attraversamento della foresta era esclusivamente un preludio necessario alla partenza per Parigi che, nonostante tutto, è avvenuta, e ha avuto conseguenze imprevedibili che ci hanno fatto perdere ogni traccia di lei, tanto che non ne sappiamo più nulla?

E poi, c'è quest'altra storia.

Un uomo di Žytomyr sognava da tutta la vita di possedere una minuscola, confortevole casetta a un piano col tetto di tegole rosse. Talvolta, passeggiando per la città, oppure sbrigando qualche incombenza che non richiedeva eccessiva concentrazione, canticchiava innocenti motivetti ispirati al suo sogno:

Piccola casina mia,
Tetto, scaffali, soffitto,
Il tuo sonno quieto sia,
Gli ospiti miei hai avvinto.

Oppure:

Casina mia bella, sei finita,
Tutto è pronto per la vita,
Ma tu a non riconoscermi ancora ti ostini!
Come se non fossimo sempre vicini…
Bada, di me non ti libererai:
Non importa dove ti nasconderai,
Anche se la corda taglierai,
Ovunque io ti acchiapperò
E a stare con me t'insegnerò.

Evidentemente quest'uomo doveva avere un certo talento nel comporre canzoni e inventare melodie gradevoli all'orecchio, perché gli abitanti di Žytomyr cominciarono a invitarlo ai matrimoni e agli anniversari affinché cantasse le sue canzoni migliori sulla "casetta". E lui non voleva deludere nessuno, si esibiva davanti ai pubblici più eterogenei, si sforzava di ammorbidire la propria voce, di non respirare rumorosamente nel microfono e perfino di molleggiarsi al ritmo della musica.

Ma un bel giorno gli abitanti di Žytomyr notarono un fatto strano. Coloro per i quali l'uomo aveva cantato le sue canzoni, cioè i novelli sposi o i festeggiati, subito dopo la sua esibizione, diventavano padroni di una casa. E, per di più, di una casa identica a quella della canzone: a un piano, anche se, ahimè, non sempre col tetto rosso. Talvolta la casa saltava fuori in modo assolutamente inaspettato: a volte cadeva dal cielo sotto forma di inopinato dono o di eredità fortuita. Eppure, e questo era più che evidente, al cantante – contro la logica degli eventi – non toccava nessunissima casa, sebbene avesse donato a tanti la gioia di possederne una.

Al termine di un'attesa infruttuosa durata anni – dopo aver finalmente notato quella flagrante ingiustizia – l'uomo decise di lasciare per sempre Žytomyr. Si trasferì a Kiev per cercare un lavoro nell'edilizia, e smise di cantare. Così Žytomyr perse un altro dei suoi bardi. E infatti nessuno sente più risuonare, né per le sue vie, né a una festa, quest'innocente motivetto:

In casa la luce accesa resta,
La casa non è buia foresta,
E quindi non te la legare al dito,
Se tra le sue mura sei sparito!

Appello,
o appunti per un'autobiografia

(Applausi in sala, tra le file serpeggia un brivido di eccitazione, spettatori entusiasti si alzano dai loro posti, standing ovation. *Lei parla modificando in continuazione il ritmo del racconto, sperando, con quelle frasi brevi, di ipnotizzare il pubblico che potrebbe perdere la fiducia in lei da un momento all'altro.)*

Grazie! Grazie a tutti per l'attenzione! E per essere qui! Non starò a rimandare la notizia principale. Vorrei comunicarvi fin da subito che sono una donna di successo. Una donna di successo praticamente in tutto: dai lavoretti di bricolage fino ai vertici della mia carriera che ho raggiunto pressoché subito, se consideriamo l'idea che comunemente si ha del tempo. Mentre gli altri, rosi da dubbi e sprofondati in interminabili riflessioni, sono appena riusciti ad appoggiare il piede sul primo gradino, io sono già in cima. Nei piccoli bar la gente si accalca nella speranza che arrivi anche per loro il momento di ordinare. A me servono da bere per prima.

Inutile dire che il successo mi perseguita ovunque io vada. Nella vita privata – quasi fossi condannata alla fortuna – da un matrimonio perfetto sono passata a un altro, ancora più vantaggioso. Certo, questo passaggio non è stato del tutto indolore, ero molto stressata, facevo nodi ai fazzoletti. Una volta sono entrata nella nostra vecchia scuola e, salita in palestra, all'ultimo piano, là dove avevo conosciuto il mio primo marito, ho fatto quattrocento squat, con una breve pausa ogni otto! Dopo una cosa del genere nessuno oserà più accusarmi di insensibilità. Da allora ne è passato di tempo e ora so che lo stress emotivo all'origine di quella trovata altro non era che una normale necessità, il fondamento elementare e inevitabile per la felicità nelle seconde nozze, che infatti non si è lasciata attendere.

Mio marito è bello, ha un portamento leonino, è premuroso, sensibile ed espertissimo nel suo campo. È benestante e potrebbe permettersi svaghi d'ogni genere, tuttavia ogni tanto vi rinuncia a causa mia, perché io non provi invidia o non abbia la sensazione che l'assoluto spirito di sacrificio da cui sono circondata si affievolisca anche solo per un istante, che le attenzioni incessanti vengano reindirizzate altrove.

Talvolta mi capita di vagare per le ampie stanze della nostra villa suburbana in preda a una sorta di nobile perplessità. Ovviamente, non ho una casa sola; sono proprietaria di tre spaziosi appartamenti nuovi in una di quelle periferie moderne e confortevoli che da noi si chiamano "quartieri dormitorio". Faccio presente che il numero degli appartamenti è rimasto sempre immutato da quand'ero bambina. In uno ci abito, mentre gli altri restano vuoti. Nella mia famiglia è stato sempre così. Li abbiamo ristrutturati senza badare a spese, comprando lampadari boemi, tappezzando le pareti di seta rossa, scovando perfino pezzi da collezione, piatti, cucchiai, forchette, ma noi, ovviamente, non abitiamo in questi appartamenti, ci facciamo solo una capatina ogni tanto per guardare un film o ricevere ospiti.

Basta considerare il significato matematico della vita per restare immediatamente colpiti da questa coincidenza. La stessa esatta situazione della mia infanzia e adolescenza: tre case, tre meravigliose residenze di famiglia zeppe di vetrinette scintillanti e sedie raffinatissime, due delle quali, in genere, restano disabitate. Ma d'altra parte è proprio questo che oggi stiamo facendo con voi: indagare il significato matematico della vita e scoprirne le leggi algebriche per cominciare a manipolarle. Non è forse vero?

Proseguiamo. Di conseguenza, io guadagno talmente tanto che non aspetto mai il giorno di paga. I prezzi in gioielleria non li guardo neppure. Se il contenuto di un bancone mi attira, mi infilo anelli su tutte le dita e pago con la carta di credito senza pensarci due volte.

Se guardo le facce di chi si è riunito in questa sala, mi tornano in mente quelle dei miei dipendenti. Ahimè, la situazione appena descritta non si applica minimamente alla maggior parte di loro. In genere si tratta di individui risentiti, collerici e smagriti che, giorno dopo giorno, cercano un nuovo impiego, magari addirittura il terzo, purché quelle fonti seppur infime di guadagno gli consentano di raggranellare qualcosina. Non è esattamente quel che direste di me, perché io lavoro massimo quattro ore al giorno, altro che otto, e per di più dedicandomi a una cosa sola! E questo fin dall'infanzia. Fin dall'infanzia una regola ferrea: ovunque – all'asilo, a scuola, all'università – non più di quattro ore. Direte che si tratta di abitudine, ma io non mi accontento di questa spiegazione e, se vi ho convocato qui oggi, è per ottenere di più, decisamente di più. Lo dico una volte per tutte: non ho nulla da rimproverare a nessuno.

Però ho bisogno di dare un nome al problema, all'interrogativo, al dubbio angosciante che offusca il bilancio così luminoso della mia vita. Questa domanda potrebbe rattristare o imbarazzare molti di voi, ma io non intendo affatto risvegliare la vostra coscienza che, con tutta probabilità, in questo momento sta dormendo innocente come un bambino. Piuttosto mi occorre la vostra intelligenza collettiva per risolvere il dilemma che affligge la mia vita, trovando una soluzione che, ne sono convinta, diventerà la stella polare della mia evoluzione futura.

Come si fa a essere una persona di successo, anzi di grande successo, in una città dove vivono solo falliti? Mi si spezza la voce, vorrei gridare, ma con la posizione che mi ritrovo sarebbe quantomeno fuori luogo. Da dov'è uscito tutto questo: i bambini addormentati negli asili con i tetti sfondati, il vecchio monumento ridipinto di Marx che hanno cercato di abbattere per una settimana intera, le buche nell'asfalto dissestato, gli investitori truffati, il teatro chiuso e le attrici alcolizzate?

Coraggio, ascolto le vostre risposte. Vi ascolto. Anche se è assolutamente inutile. Perché un fallito non ti dirà mai niente, si limiterà ad alzare su di te i suoi occhi colmi di rimprovero e di gelo, occhi che ti pungono sul vivo. Oppure alzerà perplesso le spalle: i tuoi successi, nel migliore dei casi, non lo riguardano. L'indifferenza: ecco la piaga del nostro tempo, il flagello della nostra società!

Stamattina sono passata in una piccola profumeria che ha aperto di recente nella nostra via, più che altro per farmi un favore. Mentre stavo uscendo, sulla porta mi sono imbattuta un uomo con un berretto di feltro. L'avevo sempre preso per un vicino innamorato di me, perché in genere mi sorrideva con sincera ammirazione, o perfino con aria rapita, e il suo sguardo soavemente interrogativo era ancora più eloquente del suo sorriso. Chissà perché sembrava spaventato; per la prima volta, mi si avvicinò. Ovviamente – voi comprenderete bene questa mia reazione – mi attendevo che lui si dichiarasse. Quella dichiarazione d'amore io la indovinavo già dal suo comportamento, dal fatto che si voltasse sempre dall'altra parte quando con portamento regale incedevo accanto a lui. Mi aggiustavo la sciarpa e facevo finta di non vederlo, levando gli occhi al cielo e tentando di contare le stelle perfino di giorno. Ed ecco che, dopo mesi e mesi di sorrisi reciproci, di sottilissime allusioni e di movimenti appena percettibili di ciglia, lui si è avvicinato, rivolgendomi la parola...

Be', lo immaginereste? Con voce piuttosto chiara, non troppo forte, ma neppure sottovoce, mi ha chiesto dei soldi, spiegando che ne aveva bisogno per un caffè. La molesta perseveranza e la risolutezza del suo tono, assolutamente inverosimile, mi mandarono nel panico! Tirai fuori dal portafogli la prima banconota a caso, lui la prese e immediatamente, senza abbassare lo sguardo, sparì dietro l'angolo.

Ravvedimento! Disperazione!

Ora una cosa sola può consolarmi, ed è una festa a lungo sospirata. Non lo nego, ricevo un sacco di inviti, ad anniversari d'ogni genere; e in un anno ne capitano parecchi, per non parlare poi del mio compleanno, del giorno dedicato alla mia professione e di molte altre occasioni. Al contempo, intorno regnano grigiore e insensibilità. No, i falliti non li impressioni facilmente! Non li smuovi! Hanno il cuore di pietra, si sa, sono sordi a ogni richiamo... in grigie file sfilano chissà dove, ognuno sprofondato nei suoi pensieri. Ah, come sono tetri! Questo popolo di falliti mi tiene prigioniera come una muraglia e io gemo di fronte ai suoi pesanti chiavistelli! Ah, le loro strette di mano, i loro sguardi, perfino i loro baci: sono come morsi, aghi, trafitture!

Ascoltate! Se vi è rimasta almeno una briciola di quella che io ritengo essere elementare compassione umana, vi scongiuro: abbattete questa muraglia! Trasformatevi in vincenti, alla buon'ora, erigete una scala, oppure scavate una galleria, rimuovete le pietre, una dopo l'altra, e liberatemi! Sono qui perché lo volevo, ho lottato per ottenerlo, ci sono arrivata un passettino alla volta, ma adesso le circostanze sono cambiate, questa prigione si è rivelata per quello che è, giorno dopo giorno diventa sempre più spietata. Non ve ne pentirete! Io sono come quegli oggetti fatati che, nel mezzo di una selva oscura, indicano quale via conduca a tesori che si credevano sepolti per sempre. Assomiglio a un giorno ben scelto per venire al mondo, a un oroscopo fortunato, a un oracolo delle rune, quando dopo tante angosce e preoccupazioni, dopo l'orrore di notti insonni, finalmente è il sole a uscire, la runa della vittoria, della grandezza e della potenza. In sostanza i movimenti insignificanti che dovrete compiere col vostro corpo al fine di salvarmi vi saranno ricompensati ad libitum, vi ritroverete circondati da una tale prosperità che non sarete nemmeno in grado....

(E qui l'appello si interrompe)

L'INGENUA

Era talmente ingenua che gli alberi frusciavano nel parco dietro casa sua.

Era semplice al punto che la città cresceva e si allargava, nuove case venivano costruite e, accanto a lei, c'era chi moriva e nasceva.

La sua incommensurabile goffaggine la faceva inciampare continuamente. Ma anche gli altri inciampavano perché l'asfalto nel suo quartiere era in frantumi e solcato da crepe.

Lei e il suo onnipresente sorriso non disturbavano nessuno, perché chiunque poteva trovarlo ovunque e dimenticarlo subito.

Come la amavamo. Con assoluta devozione! Il che non ci impediva di picchiarla ogni tanto.

Ma eravamo anche capaci di compassione! Per nessun altro provavamo tanta compassione quanta ne sentivamo per lei.

Sapeva imprimersi nella memoria, soprattutto nei giorni in cui non riuscivamo a ricordare quando l'avessimo vista per l'ultima volta.

Aveva anche un'altra particolarità. Ogni volta che faceva il bagno, un uccello nel parco si metteva a cantare. E, indipendentemente da cosa facesse in seguito, quell'uccellino godeva dell'incondizionato rispetto dei suoi simili. Alcuni addirittura volavano da lui e con i becchi sottili ravviavano le sue penne, affinché avesse un'aria un po' più ordinata.

Breve dichiarazione sull'attesa

Vado alla fermata della metropolitana Zoloti Vorota per incontrare una mia vecchia conoscenza che, negli ultimi tempi, mi tratta con arroganza.

Andreja è capace di telefonarmi, poi di non farsi sentire per una settimana, dopodiché magari chiama due volte (e intendo due nel giro di un'ora), infine sparisce per un mese. Ma la sua arroganza non consiste in questo. Ad esempio, può capitare che, nel corso di una passeggiata, butti lì: «Sì sì, certo, me l'avevi detto, ma non mi aveva fatto alcuna impressione...». Ecco, tanto per dare un'idea! Certe cose non passano inosservate e la memoria non le cancella così facilmente.

Mi ricordo che una volta stavamo camminando per strada, lei fissava un punto sopra gli alberi, quasi non udisse le mie parole, e poi, all'improvviso, interrompendomi, annunciò di colpo: «Che estate afosa, non si riesce a respirare». Detto ciò, si mise a sbadigliare, come se fino a quell'istante non le avessi raccontato nulla, malgrado io parli in maniera assolutamente chiara, coerente e ricca di contenuti. Che solitudine insopportabile provi a volte in sua compagnia! Ovviamente, capita pure a me ogni tanto di conversare da sola; in quei casi, se un'interlocutrice interviene nel flusso dei miei pensieri con un'osservazione, ho l'impressione che abbia interrotto il nostro dialogo, anche se in realtà ha rotto soltanto il mio silenzio. Ma non era questo il caso, lo giuro! E sopportare una simile ingiustizia è impossibile, soprattutto quando sai che stavi parlando ad alta voce, contando sull'attenzione di una persona che incontri soltanto di rado.

Ma non è solo questo: a volte succede anche che siamo sedute al bar, Andreja mi sorride e, in realtà, si fa beffe di me. Oppure mi passa accanto senza salutarmi e poi sostiene che l'ha fatto per non disturbarmi.

Un altro suo stratagemma: le dico che desideravo tanto incontrarla, lei mi dice qualcosa scherzando e io rido, non perché abbia voglia di ridere, ma perché mi vergogno e mi dispiace. Allora lei dice immancabilmente qualcosa di caustico sulla mia risata: che è stridula, oppure che è "russa", o "ucraina"... Una volta mi ha detto che la mia è proprio una risata di Leopoli, rifiutandosi di spiegare perché.

Eppure, dopo ogni uscita infelice, trascorso qualche tempo, acconsento sempre a rivedere Andreja. Il fatto è che, pur non essendo amiche da molto, ormai la conosco a fondo. Lei è magnanima, addirittura magnifica nella sua bontà. Una volta, davanti ai miei occhi, ha raccolto dall'asfalto un uccello morto e se l'è portato a casa, per occuparsene. Certi suoi gesti sono per me un esempio che cerco di imitare.

Ed era stata proprio la sua nobiltà a spingermi verso il luogo del nostro ennesimo incontro. Mi ero presentata alcuni minuti dopo rispetto all'orario fissato, per dimostrarle che anch'io so arrivare in ritardo, ma al contempo premurandomi di non farla aspettare troppo. Però lei non c'era. Che cosa speravo di ottenere, mentre mi preparavo al nostro appuntamento, calcolando preventivamente di quanto avrei tardato?

Rimasi seduta per un po' sul parapetto tiepido di sole, alle spalle del quale si elevava il contrafforte verde di Zoloti Vorota. Faceva caldo. Tutt'intorno, nei raggi smorti del sole, c'erano persone in attesa, molti però pian piano si allontanavano insieme a coloro che avevano aspettato. Non me n'ero accorta, ma erano già passati venti minuti. In realtà, mezz'ora.

Tra coloro che, come me, non si muovevano dallo spiazzo antistante l'uscita della metropolitana, c'erano alcune personalità piuttosto curiose che, all'apparenza, non attendevano nessuno. E se anch'io fossi venuta qui così, per passare il tempo? pensai. Questo mi avrebbe salvato dalla situazione incresciosa in cui mi trovavo. Seguendo tale ipotesi, non solo non sarei arrivata prima della mia conoscente, ma addirittura avrei ignorato l'eventualità di un nostro incontro, capitando qua per altri motivi, incomparabilmente più importanti.

Non lontano da me, sul fazzoletto di marciapiede davanti alle porte di vetro, c'era un uomo con alcuni grossi sacchetti di plastica; si nascondeva dietro i sacchetti, come stesse sbirciando da un muro lungo e basso. Indossava un informe abito grigio nel quale sprofondava letteralmente. Talvolta si chinava per trasferire piccoli cartocci accuratamente confezionati da un sacchetto all'altro. I sacchetti erano verdi e giallo limone. Anch'io avrei potuto tranquillamente starmene lì così, con gli stessi identici sacchetti tra le mani.

Ma, per mettermi nei suoi panni, dovevo addentrarmi nei particolari, capire, vederci chiaro: qual era lo scopo della sua permanenza all'uscita del metrò e quanto sarebbe durata.

«Buongiorno!»

Lui, per tutta risposta, fece finta di non aver sentito. Ripetei: «Buongiorno!».

«Be', buongiorno» disse sottovoce, quasi fra sé.

«Mi fa piacere vedere che non aspetta nessuno.»

«Cosa?»

«O forse non è così?»

«Non capisco.»

«Presumo di immischiarmi in affari che non sono miei, ma vorrei chiarire un aspetto connesso all'attesa. Come spiegarle? Lei è qui, all'uscita del metrò, pienamente autosufficiente, trascorre il tempo qui, per così dire. Anche se, guardandola, si capisce che saprebbe dove andare. Con lei ha una marea di cose, quindi, molto probabilmente, non è povero. E di sicuro non è più un bambino, ha una famiglia. Forse è uno stimato professionista, tant'è che la attendono al lavoro perfino a quest'ora di sera, perché lei è insostituibile. Eppure è venuto qui, a ingannare il tempo su questo spiazzo non esattamente pulito, esposto ai quattro venti. Ha tutto il mondo davanti, e ciononostante è proprio qui – solo, ma senza lamentarsi del suo destino, senza tradire insofferenza –, resta immobile e non si guarda neppure troppo intorno. Non si può dire che sia venuto qui solamente per osservare quanto accade o i passeggeri del metrò che si affrettano verso casa. Gli innamorati non li guarda, le donne non le nota neppure. Proprio per questo la sua figura, il suo portamento così sicuro, forse anche il suo sguardo, suscitano tanto la mia curiosità. Vorrei sapere che cosa esattamente l'ha portata qui. È probabilissimo che non ci sia sotto alcun motivo personale, potrebbe trattarsi piuttosto dell'attesa di un miracolo, diciamo, di qualcosa di ignoto e misterioso?»

«Vedo che lei mi ha capito benissimo. Per la prima volta in vita mia mi è capitato di imbattermi in una persona che mi ha compreso al primo sguardo, senza bisogno di parole. Sì, ogni tanto vengo qui, più volte alla settimana, mi metto all'uscita del metrò e non aspetto nessuno. Soltanto qui mi si presenta l'occasione di pensare a ciò su cui vorrei riflettere da una vita, pur avendo sempre rimandato tale momento. Soltanto qui posso essere me stesso, abbandonarmi alle fantasie più inaudite e sfrenate, senza che nessuno mi sbarri la strada o che indovini che cosa faccio realmente. Anche se a dir la verità ultimamente non me la sento di dilapidare il tempo che passo all'uscita del metrò in riflessioni simili, per quanto importanti. Mi trovo qui, una parte del mio corpo sfiora l'asfalto attraverso la suola, il mio sguardo fissa un solo punto, in pratica, ma ogni tanto, ecco, sposto leggermente la testa e poi la riporto nella posizione originaria. Mentre sto fuori dal metrò ai miei occhi si profilano le visioni più incredibili, cose inconcepibili e sorprendenti diventano visibili. Mentre quelle banali e quotidiane, al contrario, scompaiono dal mio campo visivo e si dileguano nell'oscurità alla sua periferia. Alla fine ogni volta arriva un determinato momento – e mai che io me ne vada senza averlo aspettato – in cui questi sacchetti che, come vede, sono appoggiati qui accanto a me, questi enormi, giganteschi sacchetti colorati, gonfi di tutto il necessario per la vita, e persino per la morte, tutto l'indispensabile per i miei affari più vantaggiosi e per i miei scambi più fortunati, insomma, a un certo punto questi involucri cominciano a illuminarsi tutti. Dapprima a rischiararli è il fioco splendore giallastro delle comuni lampadine, poi la luminescenza bianca, straordinariamente pura, dei LED, meravigliosa per perfezione e ricchezza di sfumature. Solo quando la luce inizia a pulsare a un ritmo lievemente frenetico, capisco che posso andarmene, ma che potrei anche restare in attesa degli avvenimenti successivi, il cui pensiero mi precipita sempre in un misto di ansia e confusione, sebbene non possa fare a meno di tentare di immaginarmeli. Oggi a causa sua ho infranto la mia regola principale, e cioè attenermi a un principio di assoluta – non ho paura di servirmi di questo termine – crepuscolarità: ecco come i miei conoscenti definiscono la mia condizione. Però la prego, mi consenta di tornare al più presto a osservare tale norma. Lo ammetto, non posso più concederle neanche un minuto, malgrado la sua sagacia mi abbia davvero commosso. Deve lasciarmi solo, fosse pure l'unica persona sulla Terra in grado di condividere con me questa permanenza e di comprendere la mia immensa gioia, il mio iniziale spavento. Non posso correre il rischio di perdere questa serata. Perché è assai verosimile – o meglio, non posso escludere tale eventualità – che lei non sia quell'unica persona, non lo sia mai stata e mai lo diverrà.»

Ringraziamenti

L'autrice desidera ringraziare Aleksandr Cherkasski, Katja Petrowskaja, Ivan Melnychuk, Nikita Kadan, Lada Nakonechna, Martin Pollack, Patrick Evans, Nelia Vakhovska, Claudia Dathe, Tatiana Ushkats, Elena Vogman, Natalia Chemalykh, Kyrylo Tkachenko, Mark Belorusets, Alla Zamanska, Pavlo Lissianski, Dmitry Galkin, Daria Kuzmich, Alina Kleitman, Dana Kosmina, Eugene Ostashevsky, Katerina Nosko, Uliana Bychenkova, Katharina Raabe, Sebastian Unger.

Grazie al Grenzgänger Program della Robert Bosch Stiftung e al Literarisches Colloquium di Berlino per il supporto fornito all'edizione originale di questo libro.

Indice

L'Editore sostiene il Progetto Emergenza Ucraina di
FONDAZIONE SOLETERRE ONLUS
www.soleterre.org

soleterre

PEFC
PEFC/18-32-03

Piemme usa carta certificata PEFC
che garantisce la gestione sostenibile delle risorse forestali